名家笔下的中国老城市丛书

名家笔下的老镇江

总主编 张祖庆

主 编 陆其勇 唐 君

朗 诵 柏玉萍

山东城市出版传媒集团·济南出版社

图书在版编目（CIP）数据

名家笔下的老镇江 / 陆其勇，唐君主编. — 济南：济南出版社，2021.6
（名家笔下的中国老城市丛书 / 张祖庆主编）
ISBN 978-7-5488-4707-6

Ⅰ. ①名… Ⅱ. ①陆… ②唐… Ⅲ. ①散文集—中国—当代 Ⅳ. ①I267

中国版本图书馆CIP数据核字（2021）第105978号

名家笔下的老镇江
MINGJIA BIXIA DE LAOZHENJIANG

出 版 人：崔　刚
图书策划：赵志坚
责任编辑：杨晓彤　孙亚男
封面设计：侯文英
版式设计：刘欢欢
封面绘图：王桃花
出版发行：济南出版社
地　　址：济南市市中区二环南路1号（250002）
邮　　箱：976707363@qq.com
印 刷 者：济南新先锋彩印有限公司
经 销 者：各地新华书店
成品尺寸：170 mm × 240 mm　1/16
印　　张：8
字　　数：90千字
印　　数：1—10000册
出版时间：2021年6月第1版
印刷时间：2021年6月第1次印刷
定　　价：45.00元

序

　　每座城都是一本书，每本"城书"都有其独特的精神气质。

　　生于此城，长于此城，你便与城融在一起，成为城的细胞。城的性格脾气就是人的性格脾气。城与人，相依共存。

　　一座有生命的城，少不了市，故曰"城市"。

　　城市于人的成长是烙印式的。无论你身在何处，永远不能忘记的是家的味道、城的气息、城的日常。我们怀想它，念叨它，也常会在某个时间点，因见到所居城市的一处景、一个人，甚至一株菜而深情满怀、热泪盈眶。作家池莉在回忆家乡武汉的菜薹时写道："我对菜薹是情有独钟、不离不弃到即便它们老了也要养着，花瓶伺候，权当插花……看花时，一回回，心里暗叹：菜薹！哦，菜薹真心是我对武汉最深的一份眷恋。"

　　每一座历经千百年的城市，都是一条生命涌动的长河，于风云变幻间，留下吉光片羽。

　　一座古老的城市，就是一个有故事的老人，值得我们细细品读。从显处读，可以是让游人赏心悦目的湖光山色，也可以是令吃客垂涎欲滴的特色美食。但是，仅读这些还不够，我们还要走进城市深处。风采卓绝的人物要读，深厚的文化底蕴要读，明亮的人文精神要读，这样才能走近一座城市的灵魂。

　　可是，谁敢说，我们真正读懂了我们所生活的城市？谁又敢说，我们真正触摸到了城市的灵魂？可能，在喧嚣的城市里，孩子还没有静静凝视过家门前那条不知源头的河流，没有留心觉察过城市中不断冒出的楼宇，没有仔细聆听过城市发展的滚滚车轮声。甚至，有这样一种情形——生活在南京的孩子不知道石头城的历史，生活在苏州的孩子没听过评弹，生活在西安的孩子没了解过秦岭的前世今生……

不得不说，这是生命成长中的一大憾事。

中国有个性、有魅力、有文化的城市何其多也！若是有一套中国城市的读本，以名家的文字为城市代言，纵览历史发展脉络，横看现代文明景观，让青少年读者从书中读城市的古今面貌，用脚步触摸城市的现实温度，那该多好啊！我的倡议得到各地名师的积极响应，大家一拍即合，快速行动。我们希望，经由这套书，每位大小读者从自己所居之城开启城市阅读之旅，了解城的古今，抚触城的肌肤，以城为荣，以城为傲。

人是城市的核心因子。人和城市的相处方式有很多种，阅读城市理应成为重要的一种。以中小学生喜闻乐见的方式打开城市阅读之门是我们的编写初心。通过阅读名家优秀的文学作品，让孩子建立对城市的文化印象，让城市发展脉络及精神气质化入孩子的生命成长中。

经多次讨论，我们最终把这套书命名为《名家笔下的中国老城市》，初定二十个老城市，分别为北京、上海、杭州、南京、武汉、西安、济南、青岛、成都、重庆、绍兴、厦门、苏州、福州、徐州、广州、洛阳、开封、镇江、淮安。"老城市"就是有悠久历史、灿烂文明、独特意蕴的城市，老城市都是有故事的城市，读者能从书中感受到厚重的城市文化与个性迥异的时代特质。城市不分大小，大城有大城的宏伟，小城有小城的韵味。

为城市编书代言，我们深知其中的艰辛。一本小书难以概括一座城市的全貌和气质。尽管如此，我们还是愿意倾尽全力。我们组建了一支有深厚的文化学识和城市情怀的编写团队，他们多是在全国有影响力的特级教师、正高级教师、一线名师。有的名师为了在书中呈现更立体多元、经典可读的城市风貌，通读了几百本相关书籍，仍觉得不够；有的名师对"老城市"的"老"做了精准的解读，对丛书的助读系统提出丰富的设计框架；有的名师带领他的"学霸"团队，利用节假日，走进博物馆、图书馆，做大量的文献检索……毫不夸张地说，每个城市的编者都经历了艰苦的"前阅读"。

然而，写城市的文章太多了，选几十篇编入书中，简直是沙里淘金，且一定遗珠多多。选择什么样的文字呢？经过几番讨论，数易方案，渐渐地，编写组达成共识。我们发现，读城有迹可循。编写团队做了这样的梳理：

1.依循城市纵横交错的线索，确定框架。为打捞丢失在历史尘埃中的城市老时光，我们做了一番细细耙梳、反复筛选的工作，再沿着"纵""横"两条线索将占有的资料以主题单元的方式呈现。"纵"即城市的历史沿革、发展脉络；"横"就是城市当下的多面向文化叙事，包含景观、习俗、人物、美食、童谣等。这样编排，既有历史的纵深感，又有现实的亲切感，丰富博大的城市概貌就有可能浓缩在一本小书中。

2.充分考虑读者对象，精准定位选文方向。本套丛书的主要读者是中小学生，兼顾其他年龄段读者，所选文章多是可读性、文学性俱佳的名家作品。很多写城市的书只是给大人看的，客观介绍一座城市，文字也不够浅近，孩子难免会觉得枯燥。从这个意义上来说，这是一套定制版的城市文学读本，这一特色让本套丛书有别于其他城市主题的书。

3.让"行读城市"成为一种新的生活方式。读城市，最终要走到城市中。本套丛书有一个重要的编写思想，那就是跟着编者行读城市。二十个城市读本中，有的将研学作为一个单独章节，有的则将其融合在各个章节中。无论采用哪种形式，小读者们都能从书中读到书外。一本书就是一座城的博物馆"入场券"，儿童（或成人）经由这张"入场券"，走进城市文明深处。

以《名家笔下的老武汉》为例，我们来一睹老武汉的城貌——全书分为八个章节，从《日暮乡关何处是》到《踏破铁鞋无觅处》《忙趁东风放纸鸢》，将江湖武汉、火辣辣的武汉、因爽而快的武汉生动地展现给读者。每一章都有"导读""群文探究"，每一篇都有"读与思"。读一本书，仿佛在与城市对话、与编者交谈，读者可带着憧憬之心、探究之趣在城的古今穿梭，在城的南北畅游。

编者刘敏动情地说："二十年前，我在武汉读大学。如今，我拖儿带女留在武汉，安居乐业。多少次，我漫步于夜幕中的长江大桥，和灯火一起微醺；多少次，我在汉口江滩，寻觅百年的沉浮……"

不只是武汉，每一座城都值得用心去读。《名家笔下的老西安》编者王林波老师的感言，说出了所有编者的心声："三年多的时间里，我们走街串巷地亲历感受，我们翻阅文献广泛搜集筛选，我们对话作者深度访谈。一切的努力，只是单纯地想为你——亲爱的读者呈现最适合的老城市。"

我们有理由相信，这是一套真正的精华读本，读者站在名师深读的肩膀上鸟瞰城市，深入城市的叶脉、根系，享受读城的步步惊喜，体验读城的无穷乐趣。

亲爱的读者朋友们，《名家笔下的中国老城市》丛书是一座开放的城堡，我们将不断寻觅，让这个城堡的成员更丰富，文化更多元，视野更开阔。我相信，你们的阅读也必然是开放的——读城市的文学、文化、文明，读城市的传说、市井、烟火，读城市的性格、秉性、气质，读城市的人、事、景……自己读，和爸妈、老师一起读，走进城市博物馆，实景考察，深度研学；不仅读"我的城"，还要读"他的城"，因为这都是"我们的城"。

再次翻阅一本本书稿，我心中感奋不已。我仿佛又一次和编者朋友们一道，穿行一座座古城，漫步一条条大街，走进一处处深宅，聆听古老钟声，触摸历史心跳。

人在城中，城在心里；一眼千秋，千秋一卷；一卷一城，读行无疆。

于杭州·谷里书院

走读江南岸诗城山水

　　镇江是一座历史悠久的江南古城，有文字记载的历史达3000多年，是吴文化的发祥地。镇江南山北水，江河交汇，自古便有"天下第一江山""城市山林"之称。镇江也是一座人文荟萃的文化名城，刘勰、沈括、米芾等文人雅客，在镇江城留下了浓重的墨迹，《文心雕龙》《昭明文选》《梦溪笔谈》等名作光耀千秋。千百年来，古城的精神血脉浸润了一方山水一方人。今天，我们跟随本书细数古城灿烂辉煌的历史文化，品味古城文化的独特魅力，传承、保护古城昨天的荣耀，开拓、推动古城明天的发展。

　　杜威说："一切学习来自经验。"这是一本阅读与行走的书，是为我们青少年准备的。古人云："读万卷书，行万里路。"坐读好书，不是什么难事。但今天的孩子，除了围着教科书打转，很少能够远足行走。哪怕是自己的家乡，在自己的身边，也很少领略风景这边"读"好。我们在调研之后发现，真正能够渗入一个人精神血脉的，影响一个人的现在、未来乃至一生的，还是那些与我们的历史、自然、生活、文化紧密相关的优秀的文学作品。本书中关于镇江古城的文学作品，可以行而读之，边读边比照欣赏，那自是幸福的体验之旅。

　　本书开发单元特色阅读课程群，以多维联动、有逻辑的课程体系为标志，力求探索文化创生形态的语文阅读课程变革。我们注重语文阅读课程发展的思路的研究，破解影响当前语文课程发展的热点、难点问题。聚焦核心素养，聚焦育人目标，确定了读、行、研、思、做的阅读组合搭配和关联衔接，从系统的整体的观点出发安排阅读课程。这样的整合优化，是让阅读行走家乡形成了一个"课程集合"。本书中的聚焦式整合阅读，以特定单元资源为主题，多体裁、多学科、多角度、多活动聚焦，以加强孩子与自然、与社会生活的关联。

那么，面对精深的古城文化和单元阅读课程群，我们又如何"走读"呢？

解读古城的名景名篇，反复地读，细细地品。经典的篇章，我们只有在反复的诵读中，才能逐渐揣摩语言之美，领悟语言文字背后的绝妙和精彩。除了读，还需要想象，眼前是文字，脑海有画面，将静态的阅读变为动态的长卷。时代的变幻、作家的命运、现实与意境、甘苦与得失，当这些丰富的画面一帧一帧涌现在我们面前时，就会形成宏伟立体的文化长卷。这是在欣赏中的阅读和提升。本书的山水人文就在我们身边，迈开步伐，我们就能走进金山、焦山、北固山，我们就能走近刘鹗、米芾、赛珍珠。循着作家的足迹，寻找当年的故事，突破时空的桎梏，与时代对接，与前人对话，达到情感的共鸣，形成景人文合一，形成古今中外合一。带着这样的情感，去完成单元课程群的主题阅读任务吧！将我们的思考，我们对古城的情怀，化为阅读和行走的力量！

山水风情，滋养了我们的生命；名家名篇，丰富了我们的灵魂。在阅读中行走，在行走中阅读，让我们的人生多一份丰厚，多一份色彩！

目录 MULU

第一章　一眼望千年

天下第一江山，长江万里画卷。

　　镇江，得山水之形胜，享"天下第一江山"之美誉。宜、朱方、谷阳、丹徒、京口、润州、镇江，一个个地名，记录着她文化的嬗变和城市发展的脚步。追寻宜侯夨（cè）簋（guǐ）的熠熠光辉，踏上西津古渡的青石板路，三千年的悠长历史在脚下延伸……本单元的阅读，旨在溯本求源，探究镇江的文化起源，感受烟雨江南的悲欢离合，抒发山水镇江、人文镇江的情怀。

扫码立领
★ 名师朗读
★ 美文微课
★ 城市印象
★ 老城记忆

芙蓉楼送辛渐①

◎［唐］王昌龄②

寒雨连江③夜入吴，平明④送客楚山⑤孤。

洛阳亲友如相问，一片冰心⑥在玉壶。

注释

①这首诗是诗人任江宁县丞期间所作。辛渐是王昌龄的好友，他拟由润州渡口经扬州，北上洛阳。王昌龄陪辛渐由江宁到润州，然后在此分手。

②王昌龄：唐代诗人，字少伯，京兆长安（今陕西西安）人。《丹徒县志》卷七："芙蓉楼一名千秋楼。旧志云'或云即蒜山阁'。"

③连江：满江。

④平明：黎明，天刚亮的时候。

⑤楚山：这里泛指楚地的山。镇江在春秋时属吴国，后吴灭于越，越亡于楚，因此镇江又曾是楚地。

⑥冰心：纯净高洁的心。

读与思

诗人从光洁无瑕、澄净见底的玉壶中捧出一颗晶亮纯净的冰心以告慰友人，这就比任何相思的言辞更能表达他对洛阳亲人的深情。本诗那苍茫的江雨和孤峙的楚山，不仅烘托出诗人送别时的凄寒孤寂之情，更展现了诗人开阔的胸怀和坚强的性格。

古人常借诗词表达自己和友人别离的情愫。请你搜集更多送别诗，联系诗人的生平和所处的时代背景，体会诗词背后蕴含的情感。

一觉三千年，醒来惊世人

　　1954年6月间的一天，镇江市丹徒县大港镇农民聂长保和往常一样去田里翻地。突然，他的铁锄下发出了异样的声响。聂长保小心翼翼地挖开泥土，黑黝黝的泥土中，静静地躺着一个沉甸甸的金属容器。聂长保打开看了一下，里面并没有财宝。他继续向周围挖掘，连续又挖出了很多这样的东西。当时他并不知道这是什么，回家后一锄头把带回来的一件打碎了。聂长保做梦也不会想到，自己一锄头打碎的竟是一件稀世珍宝——宜侯夨簋（现收藏在中国博物馆）。

　　宜侯夨簋高15.7厘米，口径22.5厘米，足径17.9厘米，器侈（chǐ）口，束颈，四兽首耳，浅腹，圈足较高，下缘附边条。腹部间饰涡纹、夔（kuí）龙纹，圈足饰鸟纹。宜侯夨簋，宜是地名，是目前镇江可考的最早的地名；侯是爵名，官位相当于诸侯；夨是制作这件宜侯夨簋人的名字；簋就是一种盛食器。

　　宜侯夨簋的底部刻有120余字的铭文，正是这些铭文为人们揭开了这批青铜器身世之谜。器内底铸铭文12行120余字，记述周康王册封夨为宜侯，并赏赐鬯（chàng）、瓒（zàn）、弓、箭、土地、庶（shù）人等，是研究西周分封制度的重要史料。

　　当年，著名历史学家郭沫若，还有古文字学家唐兰等人，将这段铭文翻译成现代汉语，大意是，四月丁未这一天，周王察看了地图，向南方进行了占卜，对夨说：

"我派你到宜地去当诸侯，赏赐土地、山川、人口和武器若干。"为了感谢周王的恩赐，矢特意铸造了这只宝器，以为纪念。

宜侯矢簋腹内的铭文中，蕴藏着吴国早期的神秘史实，可称之为"吴国第一礼器"。考古专家认定，"宜"便是今天的镇江丹徒一带，这里是西周时期先吴的政治中心，是吴国的发源之地。这是镇江文字记载中最早建立的城市名称，距今三千年。而西周的王室在陕西，为了开辟疆土，周人不远千里来到吴地，同时也将先进的农业技术和中原礼乐带到了这山清水秀之地，这是历史记载中第一次北人南迁。此后，吴文化在镇江进入了历史篇章。

（摘自中国江苏网）

读与思

　　镇江是吴国前期政治、经济、文化中心所在，这里分布有密集的聚落遗址和吴国王室的大型土墩墓，历年来出土了众多青铜器，反映了吴文化青铜器的面貌特征。其中尤以1954年丹徒大港镇烟墩山出土的宜侯矢簋最为著名。

　　阅读了本文，你是否对宜侯矢簋的出土、来源、外形和历史价值有了更深的了解呢？感兴趣的同学可以去看一看、画一画，也可以跟你的小伙伴制作这尊青铜器的模型。

西津古渡（节选）

◎叶兆言

说起镇江，最应该向大家隆重推荐的定是这个地方。还是那句话，你可以不吃锅盖面，不喝恒顺的老陈醋，甚至不去最著名的那三个"山"，但是一定要去西津古渡，这里才是重点，才是最大的代表，你一定要去。也不用往太远处引用，就说说唐诗宋词，有意无意间，你肯定会遭遇到这个西津古渡。一个古字不是随便说说就是，没有响当当的来头不配称之为古。说中国历史，谈华夏文化，没有名人便没办法说事，李白、杜甫、白居易、王安石、辛弃疾，反正古诗词里能留名的那些显赫人物，南来而北往，都会在这留下他们的足迹。人过留名雁过留声，遥想当年，一个历史上查不出生卒年份的唐朝诗人张祜在这候船，闲极无聊，靠吟诗打发时光，在墙壁上涂鸦抒发情怀，结果一不小心，便留下了一首千古绝唱：

金陵津渡小山楼，一宿行人自可愁。

潮落夜江斜月里，两三星火是瓜洲。

西津渡又名金陵津渡，为什么会有这样一个名字，后人真还搞不太明白。百度有解释，说"唐朝镇江名金陵，故称为金陵渡"。显然有点不靠谱，唐人写镇江的诗很多，把镇江称为金陵的例子并不多见，同时期写南京的唐诗很多，说起金陵都是特指南京。譬如李白《金陵酒肆留别》"金陵子弟来相送"，毫无疑问与镇江无关。金陵是南京，金陵渡在镇江，完全两回事，千万不要搞错。起个名字固然有原因，也用不着太较真，名字就是名字，后人不知道就不知道，弄不清楚也没多大关系，牵强附会反而错上加错。上海、天津、武汉的最繁华地段，都有南京路，"南京"二字没什么特别意义，也就是一个民国特色的取名而已。

为了更好地了解西津古渡，你最好能够看眼中国地图，看一看滚滚长江如何向东流。人们印象中，万里长江像一条龙，从西边蜿蜒过来向东而去，很少有人会去想，它最北面的位置在什么地方。当然是在长江下游，就在江苏境内，就在镇江。镇江是长江的最北端，从江西的九江开始，长江以一个很大角度向北偏移，这意味着镇江像个牛头那样，有力地顶向了北方。西津古渡恰恰在这个关键位置，就在牛角尖上，它是整个江南的最北，在纬度上，甚至要比安徽的省城合肥更偏北。合肥早已远离长江。说它属于北方城市也算不上什么大错，近现代历史上的当地名人李鸿章李合肥、段祺瑞段合肥，习惯上都觉得他们已是北方人。

若没有中国文化知识，不知道历史和地理，没时间概念，没空间意识，西津古渡的意义会大打折扣。除了一条仿旧的石板古街，一家家砖木结构的店铺，一栋栋飞檐雕花的客栈，一个元朝的古塔，一些洋人留下的老房子，那是英国人的领事馆，还有一大群见了生人都不知道害怕的野猫，你可能什么也没看到。你会想不明白地追问，长江在哪，古渡口又在哪，为什么这些似曾相识的旧门面、旧街道，就应该具有特殊意义。名人走过的地方太多，到处都可能有他们留下的印迹，不就是一个准备过江的古渡口吗，不就是留下几首大家会唱的古诗词吗，万里长江能过江的地方太多了，凭什么就应该这个渡口最有名气？

好吧，那只能再往前说，晋楚更霸，赵魏困横，事实上西津古渡的重要性，直到东晋南迁，才真正开始体现出来。永嘉之乱让司马氏的王朝摇摇欲坠，中原开始水深火热。大批北方难民纷纷逃往江南，其中有个叫祖逖的好汉率亲族宗党几百家一同南迁。那时候，坐镇南京的琅琊王镇东大将军司马睿俨然成为朝廷代理人，他任命祖逖为徐州刺史，这显然是个虚空头衔，不过是做人情封官许愿。因为此时北方的徐州早已落入敌手，是沦陷区，祖逖人在江南，只能望江兴叹。

第二次世界大战爆发时，法国的戴高乐将军逃到英国，组成了流亡政府，那时候好歹还有人有钱有枪，还有同盟国做后盾。祖逖的境遇与戴高乐相差太多，没人没钱没装备，基本上就是一个光杆司令。司马睿发给他一千人的食粮和三千匹布，让他自己渡江去招募军队，能做到哪一步算哪一步。几乎是以卵击石，结果祖逖不畏艰难，不怕流血牺牲，从西津渡出发了，渡江北上。船行至长江中间，面对浩瀚江水，他敲着船桨说：

祖逖不能清中原而复济者，有如大江！

他的意思是说，如果不能收复中原，他就不再回来了。这便是著名的典故"中流击楫"。多少年来，人们很少去追究此次北伐是否成功，甚至对祖逖具体在什么日子渡江，也没有确切记载。

对于中国人来说，表现的只是一种精气神，东晋南迁开始了长达二百六十多年南北大分裂，"风萧萧兮易水寒，壮士一去兮不复还"，"中流击楫"传承了荆轲的精神。发生在镇江江面上的这个故事，不仅有勇士赴汤蹈火的壮怀激烈，在中国大历史上，还体现了汉族文化以中原为核心的王道思想。诸葛亮《后出师表》的所谓"汉贼不两立，王师不偏安"，并不是尖锐的民族矛盾，不过是把与"汉朝"相对峙的政权称之为贼。东晋南迁之后，尤其是南宋仓皇北顾，习惯于强势的中原汉族政权转为劣势，处于明显下风，镇江的军事桥头堡作用立刻显现出来。退必须守，进可以攻，镇江在，江南还在，镇江一失，江南不保。

战乱年代如此，和平岁月也一样重要。这里是江河要津，对面就是北方大运河的入口，大运河是古代中国的经济命脉，北去南来你都得从这个运输的大枢纽走过，西津古渡自始至终离不了一个实用。如今的实用当然变得不实用了，交通上的重要地位不复存在，功能完全改变。事实上，西津古渡已沦为摆设，只是一个人文景观，正在派着别的用场。

西津古渡成为一块文化上的金字招牌，成为穿越时空的一个门洞或者一扇窗户。我们都知道，所有的访古注定都会有现实意义。长话短说，还是那句广告词——到镇江旅游，西津古渡一定要去。在这你会遭遇摆脱不了的历史，这个历史中不仅有遥远的过去，很可能还会有未来隐约的身影。

读与思

　　"金陵津渡小山楼，一宿行人自可愁。潮落夜江斜月里，两三星火是瓜洲。"

　　唐代诗人张祜在漫游江南时写下了这首小诗《题金陵渡》。诗人在夜宿镇江渡口时，面对长江夜景，以此诗抒写了旅途中的愁思，表现自己心中的孤寂凄凉。本文作者引用的这首古诗，不仅写出了西津古渡江上夜景的宁静凄迷、淡雅清新、美妙如画，也为千年古渡在镇江三千年历史上留下了浓重的一笔。

　　"你可以不吃锅盖面，不喝恒顺的老陈醋，甚至不去最著名的那三个'山'，但是一定要去西津古渡，这里才是重点，才是最大的代表，你一定要去。"

　　引经据典，是本文的写作特色。这些典故表达了作者对西津古渡、对镇江历史的深厚情感。仔细阅读选文，找一找文章中引用的这些诗词典故，用心体会西津古渡在作者心目中的重要位置。

你的名字叫西津渡

◎蔡永祥

———

你的名字叫西津渡，你在唐诗里愁着，在宋词里美着。

你用一支桨划走了离愁，你用一根橹摇来了欢乐。

你小小的舟楫，在长江里漂，在风浪里滚，慢慢地，你成了南北相通的重要渡口，在千年的历史里闻名遐迩。

张祜来了。他从你身旁走过时，恰好天色已晚，看到许多行旅之人被大江所困，羁旅之愁一起涌上心头，想起自己的失意，就有了如今脍炙人口的《金陵津渡》。

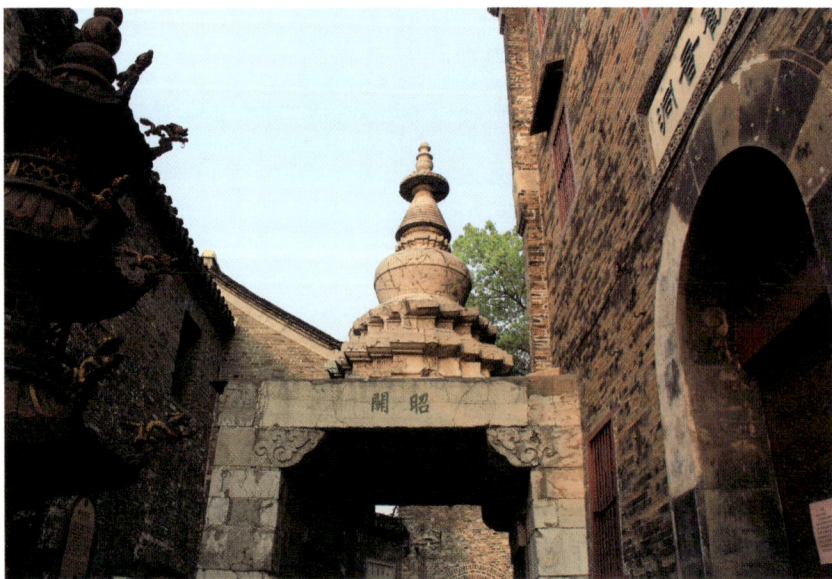

王安石来了，这是北宋熙宁元年春天的时候。此时的镇江，春回大地，万物复苏，阳光明媚，春风拂面；此时的王安石，也是春风得意，正应召赴京，第二次拜相。他从你这里扬帆北去的时候，忽然觉得平时漫长的渡涉，现在轻松了很多：京口瓜洲一水间，钟山只隔数重山；春风又绿江南岸，明月何时照我还？

果然是景由心生！

李白来了，孟浩然来了，苏东坡来了，陆游来了，米芾来了。唐宋元明清，历朝历代大凡喜欢游历的文人或喜欢隐居的文人，要么来了就不走了，要么从这里走过时，面对你这古老的渡口，面对那浩渺的长江，感慨万千，吟诗赋词，抒发情感。

二

在中国，与佛教联系得最紧密的渡口，当数你了。

其实，佛就是度。佛度有缘人，广结善缘，普度众生。佛在不停地度人度事。把坏人度成好人，把恶人度成善人，把人间的一切苦难和厄运都度走。

当你在近千年的时间跨度中，成为横渡长江的重要渡口时，长江天堑之于当时的交通工具仍然意味着巨大的风险。面对难以卜测的风浪，人们只有祈求于佛的护佑。

于是就有了五十三坡和寓意善童财子的五十三参。而每一个凡人，走过了五十三级台阶，也就是向佛祖参拜了五十三次。这是多么好的设计！

于是就有了昭关石塔。佛经说，塔就是佛，从塔下走过就是向佛顶礼膜拜了一次。这个建于元代的过街喇嘛式塔，寓意着保佑天下太平，蕴含着设计者当初多么美妙的理想！

于是就有了观音洞。洞中供奉着大慈大悲的救人于苦难之中的观世音，或立于云头之上，或站在鳌头之上，她时刻都在庇佑着打此路过的芸芸众生。观音洞前的券门上，刻着四个大字"共渡慈航"，定会给羁旅之人些许安慰。

三

你的青石板路，一直是埋在岁月里的，它深深地刻着历史的印记。

你这里的青石板，和别的地方不一样，颜色是青中泛着微红，材质坚硬，结构细密。就是这么坚硬的青石板，当中竟留有深深的车辙，这些车辙痕迹，顺溜平滑，完全是当年运货所用独轮车天天摩擦留下的。就这样，青石板路，成为时间的化石。

有谁能想到，在如今厚厚的青石板下面，竟然叠压着将近5米厚的文化堆积层！有多少人曾在这块小小的地方，世世代代地展示着青春和爱情，展示着真实的生活。他们为生活而辛勤劳作，他们为快乐而笑，为痛苦而哭。

这些历史的印记，无不向我们娓娓诉说着你的古老，无不让我们产生无限的遐想，无不使我们发思古之幽情、沧桑之感慨！

四

我走过河姆渡，走过䂬滩，今天走过你。

街衢俨然，洞舍俨然，飞檐翘角俨然，共渡慈航的祝福俨然。

　　我轻轻地迈动有些拘谨的步履，轻轻地踏响青石板，轻轻地踏响在泥土里竖着的青砖，轻轻地踏响曾经热闹的街衢。

　　长江离你远去，渡口离你远去。在"一眼看千年"的玻璃下，你用升腾起来的雾气，模糊了我的双眼，可我分明看到，你还醒着！你醒在千年的时光中，醒在早已衰败的街巷里。你在时时刻刻地倾听，倾听那万古不变的涛声。

　　西津渡啊，你本身就是一只船，把我们从今天渡向远古，从现在渡往过去。我们在时光的此岸和彼岸来回穿梭，桨声如歌……

读与思

　　作者用散文诗式的饱含深情的笔墨，在和身边的西津渡呢喃絮语，没有几十次的登临与眺望，没有千万次的抚摸与倾诉，没有无数次的回眸和畅想，很难写出这样的动人篇章。文章四个章节一气呵成，用文学、佛学、史学、人学的四条线勾勒出西津渡的大气魄、大境界、大变迁、大情怀。发思古之幽情、沧桑之感慨！这种大是从无数个小中生发出来的，是从无数的细节和作者的真情实感中流淌出来的。

　　作者用第二人称"你"作为抒情对象，直抒胸臆，宛如和眼前的美景面对着面地把酒高歌，畅叙幽情。文章从头至尾弥漫着浓郁的抒情色彩和作者对镇江西津渡发自内心的赞美与喜爱之情。

群文探究

一、我读西津渡

1.通读本单元几篇文章，选取自己喜欢的一篇诵读，充分体会作者的思想与情感。

2.分组搜集西津渡相关的人物、文章、故事、传说，在小组内交流，分享阅读心得。

二、我看西津渡

1.开展综合实践活动，分小组实地参观考察西津渡的镇江博物馆、五十三坡、昭关石塔、观音洞、铁柱宫遗址、救生会、旧商铺，调查了解西津渡的文化历史。

2.开展"一眼望千年，风雨西津渡"主题活动，以小组为单位汇报实地考察学习的成果。

三、我的西津渡

1.用绘画、写作等形式，记录或叙述"我"心中的西津渡。

2.在商业化发展的今天，西津渡的未来如何规划才能保存其特有的古韵？可以谈谈自己的见解，也可以提出自己的建议。

第二章　风景这边独好

踏遍青山人未老，风景这边独好。

　　镇江是一步一景一故事，真山真水真才情。诗词之于镇江，犹如烟火之于百姓，已经嵌入了寻常巷陌。从黄口小儿到耄耋老人，从现实世界到虚拟网络，人们总能与种种诗词佳句碰个满怀。

扫码立领
★ 名师朗读
★ 美文微课
★ 城市印象
★ 老城记忆

镇江名山吟

◎蔡永祥

金 山

是谁遗落的金子

在你的地下，一埋千年

默默等待，与一个僧人会晤

从此，现实成了神话

传说长了翅膀

而你，就是那块会走的金子

不甘江中孤寂

短短几个朝代

就牵住了陆地

你牵住的

还有一段俗世恩怨

我们宁肯相信

有修行千年的缘分

也不愿

江天禅寺的梵钟

只为遁世敲响又一个早晨

焦　山

为何还在江中驻守

是那浮玉的盛名让你不敢辜负吗？

一水横陈

与南来的象山亲切相望，却不动声色

是想与这凡俗之地永远留着距离吗？

多少文人墨客

被你这清心寡欲的模样征服

留下千古文章，深嵌在青石之上

并在耐心等待，与智者的邂逅

斑驳的炮台仍在诉说

神秘的瘗鹤铭依旧神秘

"仙人如爱我，举手来相招"

你的每一块石头呀

似乎都在轻声呼唤

读与思

　　《金山》诗作中的"孤寂、俗世、修行、遁世"，《焦山》诗作中的"凡俗、清心寡欲、智者、仙人"等佛教用语的使用，把人带到了一种清净脱俗的境地，同时也印证了这里确确实实是净化心灵的宝藏之地，是心灵皈依的应许之地。所以说走读山水，有时远远胜过躲在书斋里空谈一本书。

雾 起

◎格 非

小时候，端午特别喜欢雾。当时，他还住在梅城，西津渡附近的一条老街上。老街的后面就是大片的芦苇滩，再后面，就是浩浩汤汤的长江了。江边，钢青色的石峰，耸立在茂密的山林之表。山上有一个无人居住的道观。墙壁是红色的。

春末或夏初，每当端午清晨醒来，他就会看见那飞絮般的云雾，罩住了正在返青的芦丛，使得道观、石壁和蓊郁的树木模糊了刚劲的轮廓。若是在雨后，山石和长江的帆影之间，会浮出一缕缕丝绵般的云霭。白白的，淡淡的，久久地流连不去，像棉花糖那般蓬松柔软，像兔毛般洁白。

正在上中学的王元庆告诉他，那不是雾，也不是云。它有一个很特别的名字，叫作"岚"。他在上海读大学的时候，正是"朦胧诗"大行其道的年月。在端午的笔下，"雾"总是和"岚"一起组成双音节词：雾岚。这是哥哥的馈赠。这个他所珍爱的词，给那个喧阗的时代赋予了浓烈的抒情和感伤的氛围。

大学，文学社的社员们，时常聚在电教大楼的一个秘密的设备间，通过一台29寸的索尼监视器，欣赏被查禁的外国电影的录像带。阿伦·雷奈拍摄于1956年的那部闻名遐迩的短片，第一次将雾与罪恶连接在了一起。端午开始朦朦胧胧地与自己的青春期告别。雾或者雾岚，在他的作品中一度绝迹。他不再喜欢朦胧诗那过于甜腻的格调。

如今，雾，有了一个更合适的搭档，一个更为亲密无间的伙伴。它被叫作霾。雾霾，它成了不时滚动在气象预报员舌尖上的专业词汇。雾霾，是这个时代最为典型的风景之一。

在无风的日子里，地面上蒸腾着水汽，裹挟着尘土、煤灰、二氧化碳、看不见的有毒颗粒、铅分子，有时还有农民们焚烧

格　非◇著

春尽江南

2011年度汉语原创重磅级长篇力作
坚韧、优雅、睿智的文学特质
切中我们时代精神疼痛的症结
透视剧变时代的挣扎与选择、无奈与渴盼

上海文艺出版社

麦秸秆产生的灰烟，织成一条厚厚的毯子。日复一日，罩在所有人头上，也压在他心里。雾霾，在滋养着他诗情的同时，也在向他提出疑问。

他的疑惑，倒不是源于这种被称作雾霾的东西如何有毒，而是所有的人对它安之若素。仿佛它不是近年来才出现的新生事物；仿佛它不是对自然的一种凌辱，而就是自然本身；仿佛它未曾与暗夜共生合谋，沆瀣一气，未曾让阳光衰老，让时间停止；仿佛，它既非警告，亦非寓言。

现在，端午拉着行李，正在穿过灯火暧昧的街道，穿过这个城市引以为傲的俗艳的广场。即便是在这样的雾霾之中，健身的人还是随处可见。他们"吭哧、吭哧"地跑步，偶尔像巫祝一般疯狂地捶打自己的胸脯、肾区和胰胆。更多的人围在刚刚落成的

音乐喷泉边上，等待着突然奏响的瓦格纳的《女武神之骑》，等待一泻冲天的高潮。

（节选自长篇小说《春尽江南》）

读与思

　　"春雾雨，夏雾热，秋雾凉风，冬雾雪。"镇江北临长江，四季多雾。雾，对镇江人来说，不仅意味着天气的变幻，还与他们的心情密切相关。雾起西津渡，随着年龄的增长，雾也给了端午不一样的感觉。选文按照时间顺序，描写了雾的不同形态，叙述了不同时期端午对雾的不同感受。仔细读选文，紧扣关键词语，探究端午对雾的不同情感和情感变化的原因。

京口瓜洲，今夕何年

◎徐　群

此刻，一弯瘦瘦的上弦月，清冷地挂在中天。此时，一位感慨万千的中年人踽踽独行在远离车水马龙的江畔。

风，这时候不很硬，像一位冷艳的丽人，用她那柔弱又略带凉意的手轻拂江面，守望着前世今生的约定。那奔腾了九万里穿越了万重山的江水呢？在京口瓜洲的江域内收敛得中规中矩。偶有微波轻轻拍打堤岸，恰似侠骨柔肠的勇士一路披星戴月日夜兼程行进奔波疲惫至极后的喟叹太息。

江面上，航标灯依旧执着地眨着眼睛，为穿行在江之头江之尾的船只导航引路。可岸边曾经繁忙的客运码头呢？怎么突然间就从视域中退隐？

20年前，也是这个时候，一位意气风发的少年乘坐的客船，由此启航，在满天星月的引领下东去，扯起了人生的风帆。那时候，真是少年不识愁滋味，只身一人前往异地求学，全然不知前途的险峻；候船时，临江而立，心中满是对这方山水的欢喜和好奇。

这少年便是如今人到中年的我。

"京口瓜洲一水间，钟山只隔数重山。春风又绿江南岸，明月何时照我还。"倚靠在江边的栏杆上，少年吟诵着王安石的《泊船瓜洲》，内心充盈着几多自信，几多得意。是啊，一个农家孩子，能够走出山村，走进睡梦中曾经带给自己曼妙诗意的真实境地，确实是一种莫大的幸福。况且，也是这里往他懵懂的情怀里灌注了儿女情长，输送了英雄气概！

幼时，父亲教授的《泊船瓜洲》，让这方水土在我心壁上挂上了一幅清丽迷人的山水画。而随后听来的发生在这里的那则荡气回肠的爱情绝唱《杜十娘怒沉百宝箱》，在稚拙少年心头埋下了渴念真善美的伏笔。五年级时阅读了《三国演义》，虽然分辨不清其间蕴藏的"家事国事天下事"种种深奥玄机，却知道了东吴孙权借助长江天险，在诸多英雄的帮助下于此定都，造就了当时天下三国鼎立的局势。

后来呢？慢慢长大了，从各种渠道了解了京口瓜洲的历史，以及其在岁月的长河里始终被世人津津乐道的亦真亦幻的故事缘由。

这里，曾经皇舆蔽日，曾经帆樯如林，曾经歌舞升平，曾经儿女情长，曾经刀光剑影，曾经铁骨铮铮……一切起因，皆因这里独特的地貌，以及由此成就的自古以来南北政治、文化、经济交流上的重要战略地位。

日月匆匆，斗转星移。然不经历沧桑坎坷，怎显英雄本色，历史的车轮又安能向前推进！怀揣这样的念头，瞭望江北岸的古瓜洲渡原址，雾气氤氲中，早已沉没水底；身后的西津古渡，虽然风韵犹存，也早已远离了江岸。冷月的清辉下，遗世独立的昭关古塔默然注视着渐行渐远的京口瓜洲曾经辉煌灿烂的往事……

就像现在，我独步江畔，守望千年不变的江月，谛听亘古难改的潮音，收拾心灵片羽的光辉，任思绪在沧桑变幻中变得宁静又从容。回望来时路，曾经的客运港口已经在新世纪到来之际完成了它的使命，退出了历史的舞台。心生惆怅，只不过感慨涛声依旧，自己这张旧船票能否登上如今已经废弃抑或搁浅了的客船？

抬头西望，"京口瓜洲一水间"的上空，有璀璨的灯火在闪烁——那是即将通航的润扬公路大桥建设工地的灯火。随着大桥的建设，看来更多的思古幽情只能在书本里睡梦中弥散了。

我想，如果将20年前的那段往事拉扯到今夜，有了更多选择的我，可能会在江畔发感叹，但肯定不会选择夜间上路。在一切变得快捷、便利的现代社会里，选择发展，就是对历史的最好回应！

今夜有月。今夜的月光透着淡淡的寒意。我就像一位白衣飘飘、长剑在手的侠士，沐浴着月之清辉，在京口瓜洲寻寻觅觅……

（有改动）

读与思

二十年前，踌躇满志的镇江学子在夜半乘坐客船外出求学；二十年后，有了更多更快捷便利的选择。作者在感叹时代的进步和发展之余，始终不变的是对家乡的赤诚之心。仔细读文，思考"我就像一位白衣飘飘、长剑在手的侠士，沐浴着月之清辉，在京口瓜洲寻寻觅觅……"这句话的含义，想一想作者二十年来寻觅的究竟是什么。

西津渡的风

◎蔡永祥

西津渡的风，是从长江吹来的，温润、潮湿、微腥；西津渡的风，是从远古吹来的，带着唐朝的热闹，宋朝的愁绪，清朝的叹息。

西津渡的风，从五十三坡走过，从小码头街的青石板上走过，脚步轻得云朵一样，身子轻得拂柳一样；西津渡的风，仿佛不是在走，而是在飘。宛如一场梦，从三国时的古渡飘到今天的古街。

从巷道深处的戏台飘来，飘来扬剧、锡剧、淮剧的唱做念打；从低矮的香醋店里飘来，飘来香醋的味道经久弥漫；从一间间青砖瓦房里飘来，飘来炊烟里的缓慢的生活味道。

西津渡的风，从古渡的巷道走过时，会加快步伐，那就成了一种吹，是一种急匆匆的吹。吹起青石板上时光的蒙尘，吹起小码头街热闹酒肆里酒香的肆虐，吹起如蚁行人的愁绪，吹起独轮车负重的吱呀。

西津渡的风，从过街的石塔吹过时，带走了无数凡人的仰望和祈祷；从券门吹过时，吹得券门外层峦耸翠，吹得券门内慈航普度。

西津渡的风，吹得芦苇点头，经帆起舞；吹得江水你追我赶，一浪高过一浪；吹得浪花碎成雪花，江面白茫茫一片；吹得观音洞前的香火，缭绕成舞蹈的姿势。

西津渡的风，温柔时，总是和着春天脚步吹过，吹得王安石诗意盎然："春风又绿江南岸，明月何时照我还？"吹得苏东坡"夜半潮来风又熟，卧吹箫管到扬州"。

西津渡的风，发怒时，总是和着暴雨而来，风萧萧雨潇潇；总是推着浪走，波汹涌涛汹涌。西津渡的风吹得张祜"一宿行人自可愁"，吹得孟浩然"江风白浪起，愁杀渡头人"，吹得许浑"伤离与怀旧，明日白头人"。西津渡的风啊，吹不走待渡的兴叹，吹不走羁旅的离愁。

西津渡的风，不是风，是时间的梦，在古渡楼台间的一次又一次的穿梭！是时间的梦，在我内心深处的一次又一次的觉醒！

读与思

这是一篇散文诗，作者选取"西津渡的风"作为抒情对象，把风吹过的地方五十三坡、古戏台、古渡巷道、石塔和江面作为抒情的出发点，描摹山水景象，感慨世事变迁。同时又用温柔时西津渡的风、发怒时西津渡的风，表达出婉约与豪迈的不同的气质，引发读者的无限遐想。最后一段把现实和梦境、实景与虚构糅合起来产生了独特的艺术感染力。

镇江赋

◎李金坤[1]

千古江山兮，独擅真美；吴头楚尾兮，江河交汇；铁瓮城固兮，皇基祥瑞；江左风流兮，民国省会[2]；屏山枕水兮，花林陶醉；天人相谐兮，画境自魅；统揽人文兮，群星荟萃；苞总形胜兮，名城生辉。

名城镇江，史脉悠长。新旧石器兮，先民衍息；太伯、仲雍兮，奔楚首栖；断发文身兮，披荆斩棘；国基创建兮，"勾吴"为旌。周章掌宜侯之印，吴国发文化之轫。宜侯矢簋兮，凿凿铁证；城龄三千兮，罕匹寿星！此之谓：周封侯，史韵悠；气自华，底蕴厚。

山水镇江，诗意仙乡。凭江东眺，"浮玉""碧螺"拟焦山，更有妙者山裹寺。万佛塔兮，梵音醒俗尘；书法山兮，西安冠亚兮；瘗鹤铭兮，大字祖弘景；壮观亭兮，海门秋月明；别峰庵兮，板桥读书隐。放眼东郊，圌山临江蕴瑞气，华山悲歌《华山畿》。银山公园新区景，凤凰阁中凤凰鸣。江岛扬中迎朝暾，烟水迷蒙蓬莱城。环顾南山群，天然氧吧城市肺；欣赏四时景，鸟语花香悦心扉。鹤林寺、竹林寺、招隐寺，钟鼓悠悠闻；玉蕊亭、鸟外亭、知音亭，意味绵绵深；读书台、增华阁、文心阁，书香袅袅馨；虎跑泉、鹿跑泉、珍珠泉，清音叮叮鸣。南望丹阳，齐梁萧氏陵，皇业千古名；延陵季子碑，美德百世新。移目城西寺裹山之金山，"江天一览"[3]声名远，亭、塔、洞、阁游兴酣。妙高台上，苏东坡《水调歌头》共婵娟；黄天荡中，梁红玉击鼓抗金捷报传。水漫金山，白娘子情深感上苍；盗草峨眉，许公子魂还动人寰。塔影湖映芙蓉楼，郭璞墓西中泠泉。凝眸西南，十里长山似卧龙，生态丹徒鲲鹏翔。句容茅山道教盛，红色圣地代闪光；"律宗第一"隆昌寺，宝华山气佛道祥。聚焦城北，寺冠山之北固山："天下第一江山"，梁武挥毫题就；"长江万里画卷"，陈毅赞不绝口；三国名胜多，辛词足风流："何处望神州？满眼风光北固楼"。返视西津古渡，"旅游金矿"鲜靓。城中梦溪园，沈括著述夥；东南宝塔山，中日梅樱秀；京岘宗泽路，后昆传薪火；女杰赛珍珠，居镇十八秋。此之谓：城中山，山中城；江山助，酿诗情。

人文镇江，华章充梁。江山自古娇，群贤多驻赏。王摩诘、王昌龄、李太白、白居易，唐音齐歌山水好风光；欧阳修、王安石、苏东坡、陆放翁，宋调同吟风情美一方。乡贤苦志勤撰述，

争创一流最先鸣:韦葛戴刘徐许殷，苏计张马刘柳沈，踵事增华，豪情万仞。更有"三星""双璧"与"二米"④，赫赫功德照汗青。此之谓:众才俊，著述精;举世敬，心碑铭。

英雄镇江，热土一方。东南锁钥，江防重镇;东晋北府兵，闻风敌丧魂;祖逖闻鸡舞，刘裕扫千军。唐设镇海军，宋置镇江军。鸦片战争，圌山焦山炮台怒，殊死抗英海龄殉;辛亥革命，赵声舍身擎义旗，孙文追赠"上将军"。抗日烽火，韦岗茅山遍地燃，奋力歼敌建奇勋;杏虎夫妇，以笔为枪谴霸权，罹难异国寰球惊。历代英杰兮，虎啸龙吟;爱国精神兮，千古不泯。此之谓:保和平，岂惜生?祭英灵，恒奋进。

魅力镇江，前程辉煌。改革荡春风，江南遍绿茵;长江三角洲，顶端一珠明;置身沪宁间，天时地利兼;"五子"登科"三怪"神⑤，民风淳朴素勤俭;江南水乡富庶地，一马平川皆良田;风调雨顺时节美，稻麦腾浪舞蹁跹;"越光"大米草莓甜，葡萄串串笑开颜;鲥鱼鲴鱼河豚鱼，京口刀鱼味最鲜;金山翠芽云雾茶，齿颊留香飘然仙。一桥飞架镇扬间，民心乐陶陶;市南门户两大道，花木四季茂;长江一线串"三山"，珍珠项链俏;城市客厅老少宜，缩微山林妙。显山露水，还镇江仙子以妍貌;透绿现蓝，享自然情调之天道。商厦座座拔地起，超市处处春意闹。国营与民营并行，合资偕外资同好。东晋南渡，南北文化绽奇葩;唐宋以降，东西文明结硕果。市门洞开，海纳真经;兼容并包，多元结晶;真善为怀，礼让为本;科学发展，旗帜鲜明;风雨同舟，激流勇进;地球为村，四海皆亲。诚哉镇江人，恭迎八方宾;勤哉镇江人，力奔小康程。此之谓:要创业，到镇江，镇江有金山，有金可挖;要长寿，到镇江，镇江有南山，寿比南山；要好运，到镇江，镇江有茅山，第一福地。

忆往昔，人杰地灵口碑传；看今朝，物华天宝山水欢；望未来，江河明珠更璀璨！

注释

①李金坤：男，1953年生于江苏省金坛市，文学博士。江苏大学人文学院副教授，镇江市历史文化名城研究会常务理事，中国文心雕龙学会理事，出版《风骚比较新论》专著，发表论文百余篇。

②民国省会：1929年至1949年，镇江为国民政府江苏省省会。

③"江天一览"：康熙南巡登金山顶峰之御笔。

④"三星""双璧"与"二米"：三星，在太空的小行星中，以圆周率发明者祖冲之、"中国整部科学史中最卓越的人物"沈括与中国桥梁之父茅以升分别命名的"祖冲之星""沈括星""茅以升星"；双璧，指刘勰《文心雕龙》与萧统《文选》；二米，即书画双绝的北宋米芾、米友仁父子，其所创"米氏云山"画艺与画派，独标高格于画史。

⑤"五子"登科"三怪"神：五子，指有利于发展基础工业的五大优势：港口、能源、水利、用地、城市依托；三怪，指闻名遐迩的香醋、肴肉、锅盖面三大传统饮食品牌，俗谚云："香醋摆不坏，肴肉不当菜，面锅里煮锅盖。"

读与思

"忆往昔，人杰地灵口碑传；看今朝，物华天宝山水欢；望未来，江河明珠更璀璨！"联系全文，紧扣选文内容，想一想，这句话的作用是什么？表达了作者对镇江的什么情感？

群文探究

镇江是座山清水秀的园林城市，探究镇江的风景名胜，就能读懂这座城市的符号。

主题一：线上查询镇江名胜

以小组为单位，合作探究镇江风景名胜有多少，利用互联网，统计出镇江的风景名胜的数量、名称、历史、著名古迹等。

主题二：行走在镇江山水中

以小组为单位，制作行程单和调查表，实地考察一两处镇江的风景名胜，写考察报告，班级内汇报。

主题三：绘就一幅镇江园林图

小组合作，整理搜集的资料，制作一幅镇江园林图。

第三章　千古风流，诗城镇江

春风又绿江南岸，明月何时照我还？

　　老镇江，六朝唐宋以来，一直是长江下游一个北上南下、京口瓜洲互通的古渡口。老镇江，在一个并不阔大甚至显得狭窄的地域里历经了经济繁荣、人文荟萃、慷慨悲歌的沧桑浮沉。帝王将相、文人墨客、才子佳人等风流人物，都在镇江留下不朽的诗篇和精彩的故事。

扫码立领
★ 名师朗读
★ 美文微课
★ 城市印象
★ 老城记忆

送灵澈上人①

◎［唐］刘长卿②

苍苍③竹林寺④，杳杳⑤钟声晚。
荷笠⑥带斜阳，青山独归远。

注释

①灵澈上人：唐代著名僧人，本姓杨，字源澄，会稽（今浙江绍兴）人，后为云门寺僧。上人，对僧人的敬称。

②刘长卿：字文房，汉族，唐代诗人，宣城（今属安徽）人。后迁居洛阳，河间（今属河北）为其郡望。唐玄宗天宝年间进士。

③苍苍：深青色。

④竹林寺：在现在江苏丹徒南。

⑤杳（yǎo）杳：深远的样子。

⑥荷（hè）笠：背着斗笠。

读与思

诗人遥望苍苍山林中的灵澈归宿处，远远传来寺院报时的钟响，时已黄昏，仿佛催促灵澈归山。灵澈戴着斗笠，披戴夕阳余晖，独自向青山走去，越行越远。诗人久久伫立，目送友人远去。刘长卿和灵澈相遇又离别于润州，一个宦途失意客，一个方外归山僧，同有不遇的体验，共怀淡泊的胸襟。

次①北固山②下

◎［唐］王　湾³

客路④青山外，行舟绿水前。
潮平两岸阔⑤，风正⑥一帆悬。
海日⑦生残夜⑧，江春⑨入旧年。
乡书何处达？归雁⑩洛阳边。

注释

①次：旅途中暂时停宿，这里是停泊的意思。

②北固山：在今江苏镇江北，三面临长江。

③王湾：号为德，唐代诗人，洛阳（今河南洛阳）人。玄宗先天年间进士及第，

授荣阳县主簿。后由荣阳主簿受荐编书，参与集部的编撰辑集工作，书成之后，因功授任洛阳尉。

④客路：旅途。

⑤潮平两岸阔：潮水涨满，两岸与江水齐平，整个江面十分开阔。

⑥风正：顺风。

⑦海日：海上的旭日。

⑧残夜：夜将尽之时。

⑨江春：江南的春天。

⑩归雁：北归的大雁。大雁每年秋天飞往南方，春天飞往北方。古代有用大雁传递书信的传说。

读与思

冬末春初，诗人由楚入吴，舟泊北固山下时看到两岸春景：青山重叠，小路蜿蜒，碧波荡漾，小船轻疾，潮平江阔，风浪潜踪。本诗书写了诗人扬帆东下的豪迈气概。昼夜轮换，冬春交替，时光流逝，思乡之情油然而生，而诗人犹自音书滞一乡。全诗春景和乡思和谐交融，清新流畅，感情浓郁，是唐人行旅怀乡诗中的佳作。

金缕衣①

◎ [唐] 杜秋娘②

劝君莫惜③金缕衣，劝君惜取少年时。
花开堪④折直须⑤折，莫待⑥无花空折枝。

注释

①金缕衣：缀有金线的衣服，比喻荣华富贵。

②杜秋（约791—？）：《资治通鉴》称她为杜仲阳，后世多称她为"杜秋娘"，是唐代金陵人。

③惜：珍惜。

④堪：可以，能够。

⑤直须：尽管。

⑥莫待：不要等到。

读与思

杜秋娘集江南女子的秀丽与文采于一身。她十五岁时，镇海节度使李锜以重金将她买入府中为歌舞姬。杜秋娘不满足于只表演别人编好的节目，自己谱写《金缕衣》。后李锜反叛被杀，杜秋娘入宫当歌舞姬。有一次杜秋娘为宪宗表演了《金缕衣》，宪宗被深深地感染，两人坠入爱河，杜秋娘被封为秋妃。至今，镇江蒜山京江亭边还留有杜秋娘的塑像。

泊船瓜洲

◎ [宋] 王安石①

京口②瓜洲③一水④间，钟山⑤只隔数重山。
春风又绿⑥江南岸，明月何时照我还？

注释

①王安石（1021—1086）：字介甫，号半山，抚州临川（今江西省抚州市）人。中国北宋时期政治家、文学家、思想家、改革家。

②京口：在今江苏镇江，位于长江南岸。

③瓜洲：在今江苏扬州一带，位于长江北岸。

④一水：一条河。这里的"一水"指长江。

⑤钟山：今江苏南京紫金山。

⑥绿：吹绿。

读与思

　　1067 年，宋神宗刚即位，就任命王安石当江宁知府。1068 年春，王安石在江宁应召赴京任宰相，从西津渡扬帆北去，舟次瓜洲时，写下了著名的《泊船瓜洲》。这首诗从字面上看，流露出的似乎是诗人对故乡的怀念之情，大有急欲飞舟渡江和亲人团聚的愿望，其实字里行间蕴含着诗人重返政治舞台、推行新政的强烈愿望，同时流露出留恋江南的依依不舍之情。

焦山望松寥山

◎ [唐] 李　白[1]

石壁[2]望松寥，宛然在碧霄[3]。

安得[4]五彩虹？驾天作长桥。

仙人如爱我，举手来相招。

注释

①李白 (701—762)：唐朝诗人，字太白，号青莲居士。其诗风雄奇豪放，想象丰富，语言流转自然，音律和谐多变，富有浪漫主义精神，达到盛唐诗歌艺术的巅峰。与杜甫并称"李杜"。著有《李太白集》。

②石壁：陡峭的山岩。

③碧霄：蔚蓝的天空。

④安得：怎样才能得到。

读与思

　　"镇江有三山，金山焦山北固山。"这是镇江流传的俗语。自古以来，三山是镇江的象征，引无数文人墨客竞折腰。这首诗充满着浪漫主义的诗情画意，充分体现出作者丰富奇特的想象力。

群文探究

"我与镇江有个约会"，用诗歌认识镇江，用诗歌爱上镇江，用诗歌传达对家乡的爱。

主题一：童声诵诗歌

选择自己喜爱的描写镇江的古诗词诵读，读出节奏美和音律美，学习用电子技术录像，在组内进行赛诗会。

主题二：经典咏流传

用自己的方式，把喜欢的诗歌吟唱出来。组内合作创作，可以谱曲，可以表演唱，留下经典。

主题三：童心写新诗

以家乡镇江为题材，尝试创作镇江新诗，现代诗、儿童诗、古体诗都可以，小组内制作"童心写新诗"美篇。

第四章　几曲莺歌隐秋山

因过竹院逢僧话，又得浮生半日闲。

招隐山，远隔尘嚣，清幽断俗，南朝时宋朝大音乐家戴颙、梁朝太子萧统、北宋大书画家米芾曾居住在此，留下了大量珍贵的古迹和名篇。几曲莺歌隐秋山，招隐山展示了古城镇江特有的名士文化风采。本章的阅读，要在赏析语言文字的同时，品味南山、名士、作品的关联，体会景、人、物的三者交融。

扫码立领
★ 名师朗读
★ 美文微课
★ 城市印象
★ 老城记忆

题鹤林寺壁

◎［唐］李　涉[1]

终日昏昏醉梦间，忽闻春尽强[2]登山。
因[3]过[4]竹院[5]逢僧话，又得浮生[6]半日闲。

注释

①李涉：洛阳人，宪宗时为太子通事舍人。

②强：勉强。

③因：由于。

④过：游览，拜访。

⑤竹院：即寺院。

⑥浮生：虚浮奔波的人生。语出《庄子》"其生若浮"。意为人生漂浮不定，如无根之浮萍，不受自身之力所控，故谓之"浮生"。

读与思

本诗描写了诗人李涉在流放期间，偶然在镇江南山的鹤林寺中与一僧人闲聊后，麻木悲苦的心情得到了放松。他得到了解脱，自身的修养也得到了提高，从而写下了这首脍炙人口的名诗。

"因过竹院逢僧话，又得浮生半日闲"这两句是说，经过一个种满竹子的寺院，与一僧人攀谈许久，才觉得自己在这虚浮奔波的人生路上，得到了半日的清闲。仅此半日，也是值得珍惜的。言简意明，生活气息很浓，韵味亦足。但有人认为"又得浮生半日闲"，应该写成"偷得浮生半日闲"，你觉得用"又"字好些，还是"偷"字好些？说出你的理由。

米芾与鹤林寺

米芾就是米南宫。米南宫有个怪癖，喜欢各种各样奇形怪状的石头。

有一天，他跑到南郊的黄鹤山上找石头。跑遍了整个山头，一块称心如意的石头也没有找到，可是人却累得要命。他想到山下有座鹤林寺，何不到里面去歇歇脚呢？

到了鹤林寺里，米南宫这里看看，那里望望，不知不觉爬到一座小阁楼上。这小阁楼窗明几净，就是有些闷热，因为窗子都关着，密不透风，于是他就随手打开窗子。只见远处重峦叠嶂，气势磅礴，山头云雾缭绕，变化万千。镇江他跑遍了，但是这样好的景色，还是第一次看到。

就在这时，有个和尚上了阁楼，看到米芾不痴不呆地一个人站在窗前发愣，就上前双手合十，问道："施主，你一个人独自在此，不知有何贵干？"

米南宫正朝窗外看得出神，忽然听到有人跟他说话，就掉转身来回道："大和尚，你看窗外的景色多美呀！我跑了不少地方，还没看到过这样好的景致。不知寺里有没有笔墨纸砚？如果有的话，就请借给我一用，让我把这些景色画下来。"

和尚一听，原来如此，连说："行！行！行！小僧闲暇无事也喜欢涂上几笔，正好有些宣纸放着，既然施主有兴致作画，我就奉送。"

说着，和尚就搬来书案，朝窗口一放，又把宣纸铺好，并且替他磨墨。米南宫拿起笔，舔了墨汁，又在水盂里蘸了水，凝神望着窗外，但是迟迟没有下笔。原来窗外远山逶迤，烟云掩映，用一般的传统技法是画不出来的。这时，米南宫一会儿放眼远望，一会儿闭目沉思，有时还不住地摇头晃脑，如痴如醉，而手里的笔却不由自主地在宣纸上点点戳戳。没有多大工夫，只听和尚在旁边连声喊道："妙！妙！妙……"米南宫不知何事，连忙把眼光从窗外收回来，再朝宣纸上一看，自己也大吃一惊。宣纸上竟出现了一幅别具风格的山水画，这山和云雾全都是用水墨一点一点地点染而成。窗外的景色和宣纸上的画浑然一体，虚实难分，于是他就在画上题了"鹤林烟云"四个字，写上名字，盖了印章。和尚一看名字和印章，才晓得这位施主原来就是大名鼎鼎的米南宫，于是他就请他到方丈室里小坐，捧出香茶和果品招待。

米南宫和当家和尚谈了一会儿，拿起《鹤林烟云图》准备走了，哪知当家和尚跟米南宫要这幅画。米南宫踌躇了一刻说："讲心里话，我对这幅画非常满意，真有些舍不得送人。既然当家的喜欢，那我只好割爱了，不过有个条件……"

当家和尚急于把画留下，米南宫的条件还没有讲出来，他就连声说："不管什么条件，我都同意！"

米南宫说："我虽是外地人，但在镇江已经待了不少年，对镇江的一山一水、一草一木都产生了感情。今天，在鹤林寺又画了这幅《鹤林烟云图》，完全是镇江的山水赐予我的灵性。因此，我想跟当家的要块宝地，砌几间茅屋，就在这里住下。我死以后，也葬在这里，但愿我的灵魂化为伽蓝神，永远替鹤林寺看守山门。"当家和尚一听，这个条件容易办到，就满口答应。

从此以后，米南宫就住在鹤林寺新砌的房子里，用画《鹤林烟云图》的点染技法作山水画，久而久之，就形成了独特的"米家山"画法，而《鹤林烟云图》就成了"米家山"画法的代表作。

（选自《镇江民间故事》）

读与思

"这时，米南宫一会儿放眼远望，一会儿闭目沉思，有时还不住地摇头晃脑，如痴如醉，而手里的笔却不由自主地在宣纸上点点戳戳。"这句话抓住人物的神情动作，生动地写出了米芾在创作《鹤林烟云图》时的情景。胸中有丘壑，才能下笔如有神。读了这个故事，联系故事内容说说米芾是怎样用独创的点染技法创作出《鹤林烟云图》的。

归老梦溪

沈括30多岁时常在睡梦中进入一个奇妙的"梦空间"——"登小山，花木如履锦。山之下有水，澄澈极目，而乔木翳其上"。他在梦中非常欣喜。从那以后，这一美景就经常进入他的梦中。

十多年后，沈括遇到一位道人说起润州山水之胜，于是他托道人购买田圃。后来，沈括途经润州，竟发现昔日所置田圃和梦中所游的"梦空间"几乎一样。这里地势较高，南接乌风岭，小溪缠绕，树木蓊郁，居民稀少，又接近市区，闹中取静，生活方便。梦境和真实的地方相重合，于是沈括举家移居镇江，将此地取名为"梦溪园"，自号"梦溪丈人"。

隐居梦溪园后，沈括就静下心来，专心致志，把一生研究的成果和所见所闻所思都记载下来，编撰成震惊世界的《梦溪笔谈》。这是一部中国科学技术史上百科全书式的鸿篇巨制。

沈括是一位杰出的天文学家。他首先改进了浑仪、浮漏、影表等旧式的天文观测仪，在书中详细介绍了自己的研究成果。为了证明日月的形状，沈括找来一个弹丸，一半涂上粉，侧面看涂粉处像钩，正面看涂粉处正圆，这样模拟月亮受到不同方向日照所出现的盈亏现象，并以此为依据证明了"日月之形如丸"。

沈括在物理学研究方面也有丰硕的成果。《梦溪笔谈》中记载的内容涉及力学、光学、磁学、声学等各个领域。为了说明光是沿直线传播的，沈括在纸窗上开了一个小孔，使窗外的飞鸟和塔楼的影子成像于室内的纸屏上面进行实验。根据实验结果，他生动地指出了物、孔、像三者之间的直线关系。

沈括在数学方面也有精湛的研究。他从实际计算需要出发，创立了"隙积术"和"会圆术"。他通过对酒肆里堆起来的酒坛和垒起来的棋子等有空隙的堆积体的研究，提出了求得它们总数的求和方法。

《宋史》中说他"博学善文，于天文、方志、律历、音乐、医药、卜算无所不能"。西方人把他在科学史上的位置排在亚里士多德和牛顿之间。1979年7月1日，中国科学院紫金山天文台将该台发现的一颗小行星命名为"沈括星"。

（选自《影响中国的镇江人》）

读与思

一个神奇的梦，让沈括与镇江结缘，于是便有了一部传世之作——《梦溪笔谈》。读了这篇文章，你能从中汲取重要的信息，为沈括写一个100字左右的人物介绍吗？

烟雨南山

◎蔡晓伟

透过蒙蒙雨气，南山招隐峰顶的鸟外亭隐约可辨。在轿车上，我撇开同伴的话语，独自悠然欣赏起眼前——这不止一次动我情愫的"南山烟雨"来。你看，那横卧着的山峦，像笼着一层轻纱，如梦如幻。车子轻跳着，更使得眼前朦胧一片。几乎难以分辨那起伏缓动的，是云还是树？那舒展飘曳的，是雾还是山？无怪乎北宋书画大家米芾，于桑榆暮景之年，还来此借居寒寺，师法南山烟雨，而终成"米家山水"一派。虽说我已无数次来过南山，但今天却也有些迷惘了：究竟是南山烟雨成就了米家画派，还是南山烟雨出之米芾之手呢？

沿着环山小路盘旋，一面傍山，一面临树，曲曲折折，颠颠簸簸。枝叶弄着雨珠不时弹着车窗，实在"妙处难与君说"。不一会儿，车到招

隐山前，劈面有一座高高的石坊，正中楷书"招隐"二字。柱上有联：

读书人去留萧寺，

招隐山空忆戴公。

我和同伴们谁也没有出声，因为这里最美的，就是这静。

沿着泉流，到了虎跑泉，泉上有万古常青亭，亭右是一座粉墙黛瓦的庭院，门额上刻着"听鹂山房"字样。这原是清末老将冯子材为纪念东晋高士戴颙而建。入内小憩，呷一口泉水沏的新茶，同伴们对那轴《戴颙双柑斗酒听鹂图》感起兴趣来，问我："戴颙是历史上有名的雕塑大师和音乐家，一代名士，他来这里隐居，足见此山不凡。但是为什么戴颙没穿鞋？"我答道："画上的服饰、酒具、古琴等都经过严格考证，唯鞋有疑义，画师干脆将它'脱'去了。"大家点头称是："真是史家风范，宁缺勿误，一丝不苟。不过，这样反而更契合了戴颙不修边幅的名士性格。"看着画中戴颙那副闲适自得的神情，我们无不叹服画师高超的艺术才华。

雨中的山里，几无其他游人，这便使我们可以更从容、更尽情地享受山林的静态野趣。细细的雨雾、嫩嫩的叶芽、澄碧的流泉、青溜的苔径、墨蓝的瓦、苍古的碑、偶或一两声黄鹂的歌啭，这一切都融合在一个"静"中。

天色渐晚，一位同伴倚着亭柱，打趣地说："这里有庙可居，有泉可饮，有鸟可听，又有美妙的仙女，我真不想走了……"

其实不想走的何止他一人？来这里游览的人，谁不在烟雨南山中徘徊徜徉，流连忘返？

读与思

　　烟雨蒙蒙中，招隐峰的一草一木、一人一景，宁静不失优雅，淡然长留墨香。优美的写景散文常常使用饱含情感的、细腻生动的笔墨，把景物写得分外秀丽、灵动。作者用诗一般的语言，让我们体会雨中招隐山的不同情质与风韵。例如：

　　"细细的雨雾、嫩嫩的叶芽、澄碧的流泉、青溜的苔径、墨蓝的瓦、苍古的碑、偶或一两声黄鹂的歌唱，这一切都融合在一个'静'中。"

　　这段文字，兼顾形态与色泽、视觉与听觉，采用以动衬静的写法，带给我们不一样的感受。文中精彩的语句还有很多，再找出一些，朗读并细细体会。

招隐山上读书台

◎张天福

南山是一个非常惬意的地方。

山势俨然一盘腿静卧的弥勒佛祖。怀抱里一弯幽静的山林，叮咚低吟的清秀串起几汪大小不等的莲叶半遮半掩的池塘，金鱼戏莲，红鲤动波。塘边花草幽石镶嵌，偶尔一片芦苇亭亭于水面上，像儒雅的卫兵。拱桥架于水流的狭窄处，像溪流的连环腰带，将那风景捆扎得风流而又倜傥。不时有亭、台、楼、榭出人意料地显现，给人以惊喜。或曰"和畅轩"，或曰"映山厅"，或曰"选亭"，像弹拨出的清脆的音符，将流畅、鲜丽、儒雅和于一弦，鸣于一响。时有山风吹来，夹杂着缕缕淡淡的野花的香，青竹的爽，山泉的甘。"东坡井""春赋"的时刻，将秀色沉静下来，形成漫溢千年不衰、敲击有声的雅致质感。

"此处可留连桃花清水清犹浅，其间堪啸傲兰气蕙风选处幽"的"芝兰堂"，是萧统编撰《文选》的地方。他是梁武帝萧衍的长子，两岁被立为太子。自幼聪慧好学，稍长便成为文学大家。《梁书》称他"名才并集，文学之胜，晋宋以来，未之有也"。萧太子25岁受父命编撰《文选》。他不恋皇权，痴迷文学，召集天下名士，聚书3万余册，在此闭门苦读编撰长达五年之久，30岁匆匆编就，31岁英年早逝，谥曰昭明。书又名《昭明文选》，是我国第一部诗、词、歌、赋总集，在中国文学史上留下一座不朽的丰碑。

"不恋皇权赴黄泉，无意轻死留青史。"

"读书台"上，尚有太子汗迹否？"鹿跑""虎跑"泉边，时常可见太子匆匆身影；"如斯亭"里，镌刻下了太子沉思的不朽神态；"昭华楼"内，轰鸣着"大雅扶轮再继元储不朽业，余光秉烛补读平生未读书"的洪钟大声和痛天遗憾！

唐朝，招隐山上有两棵玉蕊花，每逢花开，香飘十里，呈半透明水晶状。皇帝甚爱之，移植宫中，不久凋零。为纪念此花，润州刺史李德裕捐资建亭，名为"玉蕊亭"。

玉蕊花香，是昭明太子的精魂里飘出的。

镇江贤达，玉蕊花般的清幽高洁，脱俗俊雅。

（节选自《大美镇江》）

读与思

由景及人再写景，借景抒情，情景交融，是这篇散文的特点。阅读时，力求从文字中读出景美、人美，感悟作者对隐者的深深景仰之情。找出文中描写"玉蕊花"的句子，读一读，说说作者为什么要写"玉蕊花"。

群文探究

镇江人的南山情节是常人无法比及的。

阅读本单元，开展一场"春日寻芳南山"研学活动。根据自己的兴趣爱好，选择自己喜欢的专题，以小组为单位进行专题探究。

专题一：画"南山隐士文化"思维导图

探究米芾、戴颙、刘勰、昭明太子与南山的关系，梳理他们的生活的年代、取得的成就、对后世的影响，挖掘隐士的高洁品格和隐士文化的内涵。有兴趣的，可以画一张探究"南山隐士文化"的思维导图。

专题二：话说"南山隐士"故事会

南山隐士中，你最喜欢的是谁？收集他的相关事迹典故，讲给大家听。要求：

1.讲故事的时候别再看资料，但可以看自己准备的提纲。

2.注意在资料的基础上进行合理加工，讲出故事的情节，以及某些生动的细节，吸引听众的注意力。

专题三：举行"南山行"笔会

喜欢南山和文学的同学，可以组织一次南山行采风，用自己的笔记录下这次探幽，并在班级中举行"南山行"笔会。要求：

1.制订好这次笔会的方案和流程。

2.组织好本次笔会，活动力求丰富多彩，充分交流自己的采风心得。

第五章　金戈铁马入梦来

金戈铁马，气吞万里如虎。

　　翻开镇江的历史，她从来不缺少金戈铁马的岁月，也不缺乏枕戈待旦的豪放诗人。古炮台上处处枪痕弹迹的残垣，是抵御外侮的中流砥柱。滚滚东去的长江水，见证了镇江人民爱国抗敌的光荣史。就让我们迎着这滔滔的长江水，走进属于镇江的英雄史，再一次去感受"金戈铁马"的情怀与梦想。

扫码立领
★ 名师朗读
★ 美文微课
★ 城市印象
★ 老城记忆

永遇乐①·京口北固亭怀古

◎［宋］辛弃疾²

千古江山，英雄无觅孙仲谋③处。舞榭④歌台，风流总被雨打风吹去。斜阳草树，寻常巷陌，人道寄奴⑤曾住。想当年，金戈铁马，气吞万里如虎。

元嘉⑥草草，封狼居胥，赢得仓皇北顾。四十三年，望中犹记，烽火扬州路。可堪回首，佛狸⑦祠下，一片神鸦社鼓。凭谁问，廉颇⑧老矣，尚能饭否？

注释

①永遇乐：词牌名。

②辛弃疾（1140—1207）：原字坦夫，后改字幼安，中年后别号稼轩，山东东路济南府历城县（今山东省济南市历城区）人。南宋官员、将领、文学

家，豪放派词人，有"词中之龙"之称。

③孙仲谋：即孙权。早年曾居京口，并在此修建铁瓮城。

④榭：建在高台上的木屋。

⑤寄奴：南朝宋武帝刘裕(363—422)，乳名寄奴，南朝宋的建立者，生长于京口，其故宅称"丹徒宫"。

⑥元嘉：宋文帝年号。宋文帝时，王玄谟常请北伐。文帝说："闻王玄谟陈说，使人有封狼居胥意(指像霍去病那样，大破匈奴，并在狼居胥山立碑纪功)。"后命王北伐，结果大败。

⑦佛（bì）狸：北魏太武帝拓跋焘(408—452)，小名佛狸。曾于宋文帝元嘉二十七年(450)率兵至瓜步，南下侵宋。此句意为北方失陷已久，人民逐渐接受少数民族统治者，因此会到太武帝的庙宇里祭拜。

⑧廉颇：战国时赵国将领。此句意为现在还有谁会像赵王那样向自己这样的老将打探情况、意图北伐呢？

读与思

京口是古城名，故址在今天江苏省的镇江市。北固亭又名北固楼，在镇江东北的北固山上。据《稼轩词编年笺注》及岳珂《桯史》的记载推断，《永遇乐·京口北固亭怀古》写于宋宁宗开禧元年（1025），辛弃疾在京口任镇江知府，时年六十五岁，他登临北固亭，感叹自己报国无门，凭高望远，抚今追昔，于是写下了这篇传唱千古之作。

题为"怀古"，实际是借古喻今，以抒怀抱。词中用典贴切自然，紧扣题旨，增强了作品的说服力和意境美，阅读时应细细体会。有兴趣的同学可以搜集这首词中的典故以及出处，想想辛弃疾用典的用意是什么，表达了他的什么情感。

擂鼓战金山

壮志凌云贯长虹，士气昂扬神鬼惊。羯鼓三挝山摇动，横扫辽金数万兵。须知那，卫祖国保家乡，人人的责任重，表一回梁红玉这位女英雄，她在那黄天荡擂鼓抗金兵，青史上标美名。

都只为，北宋王朝朝纲不正，帝王昏聩懦弱无能。才使那外族入侵扰乱中原地，狼烟四起动刀兵。众黎民，惨遭无辜他们离乡背井，流离颠沛在四处里飘零。有个辽金女真族十分凶猛，大举进犯兵出黄龙。完颜兀术把番兵率领，乘势南下陷东京。囚禁了北宋的无能皇帝，他在那黄河两岸任意胡行。烧杀抢掳蹂躏百姓，才惹得河北的人民起义抗金兵。这一支强大的农民军由岳飞率领，更有那群雄四起互接应。那宗泽、张俊多么英勇，还有位善战的将军他名叫韩世忠。

韩元帅带着夫人叫梁红玉，他夫妻在金山驻扎抗贼兵。只皆因岳元帅在牛头山被围难取胜，韩世忠才出兵解围要下山峰。这一天，韩元帅领兵要出阵，梁夫人一旁含笑把元帅称。啊！尊元帅，那金兀术的番兵甚骁勇，仰仗着虎狼之师乱纵横。万不可以力相敌对垒交战，必须要出奇制胜定牢笼。依我看把水军暂分两路，我二人各领一支抗金兵。你那里，佯败假退把大江过，那兀术一定追赶不会放行。单等他渡江时给他来个出其不备，我在那黄天荡里出奇兵。埋伏在芦花的深处将他等，那时节，生擒兀术定输赢。梁夫人从头至尾说了一遍，韩元帅微微地含笑就把话

明。说夫人的妙策定能取胜，但只是你年轻的妇女怎交锋。一旦间失机败阵被番兵擒住，怕只怕玷辱的本帅一世的英明。韩元帅的言辞还未说尽，把一位梁红玉只气得脸通红。

尊元帅，那番兵若占了中原地，全国的百姓们受了苦情。常言道，国破家必亡，古今至真理，那时节，河山变了样，人民也受了欺凌，看你何地把身容。

梁夫人慷慨激昂一番谈论，把个勇战的将军闭口无声。好好好！就依夫人您的妙策，安排妥当抗金兵。且不言他夫妻把番帅等，再把那完颜兀术明一明。金兀术闻听韩世忠的兵马到，准备着出其不备深夜偷营。吩咐儿郎们不许睡，二更后偷营劫寨走一程。儿郎们答应说得令，备好兵马准备出征。

诸事毕，天交二鼓夜深人静，金兀术率领着番兵番将离了番营。明亮亮一轮皓月映铁甲，静悄悄四边寂静少人声。来至在金山脚下宋营且近，点明了火把就要出征。那韩世忠早有准备故意败阵，率领着兵将往南行。金兀术一声大喊说众将听令，乘胜追赶不要放行。众三军齐声答应说得令，一个个，急似箭，快如风。到江边韩世忠的兵马不见踪影，此时节，晓风扑面，天色已微明，红日向东升。

金兀术手撴钢叉哇哇地怪叫，定把那韩世忠的兵马消灭在山峰。吩咐儿郎们渡江去，不料想中了韩帅他的牢笼。

番兵刚到江心内，咕咚咚大炮不住地响连声。但则见，宋营的兵将齐呐喊，战船上，一字排开雁翅行。船头端坐一员女将，嘿！真是威风凛凛杀气腾腾。颤巍巍，一顶金盔飞彩凤；闪烁烁，麒麟铠甲放光明。赤艳艳，大红战袍花千朵；明皎皎，护心宝镜是青铜。白皑皑，脑后双飘狐狸尾；雄赳赳，鬓边上斜插着两支雄鸡翎。相称着眉似春山眼凝秋水，唇如丹珠她面似芙蓉。双臂抡圆擂金鼓，只听得咕噜噜噜噜噜噜噜呀似地裂与山崩，令人都怕惊。催将的鼓打响三通，儿郎们呐喊往前拥。突然间，战船分开成两路，正中央，船头站定韩世忠。手拈银轮传将令，呼啦啦，金兀术的人马围了一层又一层。只杀得，烟尘滚滚遮红日；只杀得，血水流成满江红。只杀得番将齐落首，只杀得大小番兵他们个个逃生。

好战的兀术也堪称骁勇，到此时，调转船头向北行。他只好挖通灌河逃性命，率领着残兵败将退回番营。

这一回，韩世忠，解重围，战兀术，在那黄天荡大获全胜；梁红玉，施妙策，显奇能，鼓舞军心，立下大功啊，可称民族的女英雄。

（选自白派京韵大鼓大师阎秋霞的唱词文本）

读与思

讲述了一段巾帼英雄奋起抗金、保家卫国的故事。到镇江去，金山是一定要去的地方。若是一鼓作气爬上金山寺最高处的妙高台，就到传说中当年梁红玉击鼓的地方了。千百年来，这个故事经过加工美化，为人们津津乐道。有人说，鼓擂得好，擂得是疾徐有节，轻重有度。

伯先故居游

◎王桂宏

　　我是来伯先故居未修缮前的旧房参观过的。修缮后，原来的摆设均已恢复。

　　第一进与第二进之间的院子呈长条形，东西长，而南北不宽。站在院中，正是下午。太阳从头顶上照下来，院子里洒满阳光。赵老师让我选择：向右进东厢房参观赵声生平事迹展览馆，向左走几步就可以到客厅参观。我想详细了解一下赵声的革命历程，于是往右一拐，进了一个南北特别长的院子。这院子的东边一溜厢房，估计有七八间，但已经分成四大展览厅。第一厅的门口一块挂匾，上面书写着绿色油漆九个大字——赵声生平事迹展览馆。展览馆共分四个展厅，六大部分，每个部分都附有大量的生平照片和丰富的文字介绍，真正称得上图文并茂。这个展览馆是修缮伯先故居时精心布置的，目的是让游人在参观伯先故居时了解赵伯先可歌可泣的战斗历程。六大部分内容是：第一部分，青年壮志，以革命为己任；第二部分，宣传鼓动群众，培植革命力量；第三部分，组织新军，策划起

义；第四部分，组织武装，领导庚戌之役；第五部分，策划组织指挥黄花岗之役；第六部分，奠基革命，万古流芳。参观展览后，我从心里敬佩赵声大将军的革命毅力、革命意志和他的流芳千古的丰功伟绩。赵声革命业绩的光辉顶点是组织并指挥黄花岗之役。赵声以其统军的资历和卓越的军事才能，被大家一致推为起义总指挥，黄兴为副总指挥。由于种种原因，黄兴先入广州指挥，应变仓促，等赵声和胡汉民次日早晨率众赶至城外时，起义已经失败。赵声痛不欲生，忧愤成疾，回香港后即大病不起，临终前大呼："出师未捷身先死。""吾负死难诸友矣，雪耻唯君等！"看完第四展厅，沿原路来到大客厅。客厅除了名人字画外，就是按照过去私塾的摆设，这里是学堂。赵声的祖父、父亲都曾经是私塾的老师。

客厅正中有一门直通第三进的院子。院子西部有一砖砌的花台，花不多，但一棵朴树非常高大挺拔，茂盛的树枝丫伸向院墙外。这第三进是一座木质的古朴的二层小楼。楼上是天香阁，楼下东西房间分别是赵声父亲和祖父住过的房间。这些建筑格局、家具摆设没有什么特别之处，但就在这个故居诞生了一位中国革命的先行者，这让人参观中生出无限的遐思。第四进是生活区，匆匆地转了一下，又沿着东厢房展览厅的院子往外走。这时我的耳边仿佛响起了赵声那震撼人心的《保国歌》：

莫打鼓来莫打锣，听我唱个保国歌，

中国汉人之中国，民族由来最众多。

堂堂始祖是黄帝，四万万人皆苗裔，

嫡亲同胞好弟兄，保此江山真壮丽。

……

（选自《乡愁·镇江卷》）

读与思

　　赵声著名的《保国歌》，是用大众喜闻乐见的七字唱词形式写成的，全文共 134 句，近千字，激昂慷慨，读之悲壮感人。想一想，作者引用这首歌的作用是什么？

群文探究

镇江的历史告诉我们，镇江是一座英雄之城。请围绕"英雄之城——镇江"开展系列主题阅读活动。

主题一：开展"英雄镇江"故事会

搜集自古以来发生在镇江的抗击外来侵略的故事，在班级中开展"英雄镇江"故事会。

主题二：制作镇江英雄人物名片

搜集保卫镇江、保卫国家的英雄人物，了解他们的生平、事迹等，动手设计个性化的人物名片，制成班级镇江英雄人物名片集。

主题三：开展"英雄镇江"小剧场活动

以小组为单位，将搜集的发生在镇江的抗击外来侵略的故事，编成小剧本，排练并开展"英雄镇江"小剧场展演活动。

第六章 只道他乡是故乡

年深外境犹吾境，日久他乡即故乡。

　　也许，他们只是这座城市的匆匆过客，但是，他们却在此驻足流连，把对故乡的爱和才情都赋予了这座小城。他们，或歌咏，或吟哦，留下了千古名篇，让长江边上的这座小城从远古走来，迈向世界，走向未来。本单元的阅读，要理解旅居镇江的文人与这座城市的关系，探寻他们内心对古城的深厚情感。

⊙ 扫码立领
★ 名师朗读
★ 美文微课
★ 城市印象
★ 老城记忆

赛珍珠的镇江生活

◎怡　青

　　赛珍珠在镇江先后居住了18年之久，她总爱把镇江称作她的"中国故乡"。

　　镇江是一个历史悠久的城市，风景秀丽，更有得天独厚的交通。便利的交通使赛珍珠一年四季都能吃到新鲜可口的水果，从橘子、枇杷、杨梅、杏，到南方的鲜荔枝、北方的柿子，但是她最偏爱的是一年四季都有的麦芽糖。每当听到沿着山间小路叫卖的货郎，用一个小木槌敲响那面小铜锣时，不管她是在看书还是在门外草地上玩耍，都会从自己的小金库中取出几个铜板，飞跑到货郎面前。就像个中国小孩一样，赛珍珠会和小贩为给的太少而讨价还价一番。这种麦芽糖香酥可口，有点粘牙，能嚼很长时间。

赛家每天早晨都会有一餐丰盛的美式早餐，而另外两餐稍微差一点，赛珍珠对这两餐常常兴趣不大，她更爱偷偷跑到仆人家吃午餐和晚餐。一碗干米饭，一碗汤，一碗清蒸白菜豆腐，还有少许的荤菜，她总能吃得津津有味。

每逢新年，她爱吃米饼。春天，喜欢吃用扬子江箬叶包起煮熟的糯米粽子，将煮的咸鸭蛋切成片一起吃，或者蘸点红糖。中国人家里的炒花生，也是她最喜欢吃的东西之一。她还喜欢吃镇江鲜螃蟹，每年九月初九重阳节前后，她总要饱餐螃蟹。有一次太贪嘴，她晚上浑身发痒，起了许多红点子，经邻居看后，才知道螃蟹凉性厉害，不能吃得太多。

镇江黑桥一带的烧饼更让赛珍珠终生难忘，在她弥留之际，还喃喃自语地说："要是能吃到一块镇江黑桥的烧饼该多好啊！"

除了这些美味的镇江小吃之外，中国传统的佳节也给赛珍珠带来了许多欢乐。

春节是一年中最热闹的日子，在那一天，赛珍珠童年的两个世界差不多合二为一了。父母给她穿上新衣服，扎上两根小辫子，让她到中国人家中拜年，向中国的叔叔阿姨鞠躬行礼，拜年问安，恭喜发财，然后与小朋友相互赠送礼品。她的中国朋友都认为，赛珍珠早已不是真正的洋人了。

春节过后不久的元宵节也是赛珍珠所盼望的，在这个节日的晚上，家里的仆人就会给孩子们买来各种花灯：纸糊的兔子，下面装着小轮子，里面点着蜡烛，可以推拉着走；或是莲花灯、蝴蝶灯，要不就是小马灯。马分成两半，小赛珍珠把它绑在身上，胸前一半，背后一半，点亮前后的蜡烛走来走去，看上去就像一四在黑暗中行走的马。每当这时，她总是感到愉快万分。

当清明来临时，赛珍珠经常与中国稍大的孩子成群结队地去放风筝，整天在外面，连吃饭和回家都忘了。她和小伙伴们一起，把芦苇秆剖成一片一片，用薄薄的红纸和糨糊做风筝，然后爬到山上去放。

每逢端午节前游焦山时，赛珍珠总要在那里采一些芦苇回家包粽子，她在心里把自己完全当成了中国人。

（节选自"美丽与哀愁"系列丛书之《一个真实的赛珍珠》）

读与思

她被称为"大地之女"，但这"大地"却不在她的脚下，而是在她的梦里，在她的心头：她热爱的那块土地，是在异乡，她要把异乡当故乡；她出生但却很陌生的那块土地，是故乡，却不是"想要的故乡"，她要把故乡当异乡。她就是——赛珍珠。阅读这篇文章，看看小时候的赛珍珠吃些什么、玩些什么，你是否感受到了老镇江人童年的快乐？文中说"她总爱把镇江称作她的'中国故乡'"，你可以从哪些地方看出赛珍珠对镇江的故乡情怀？

中国之美（节选）

◎赛珍珠

我先前一直生活在中国，那儿一片宁静，风景如画，自有其独特可爱之处：清瘦的翠竹摇曳生姿，荷塘倒映出庙宇那翘起的飞檐，大地一片郁郁葱葱，亚热带明媚的阳光和繁星密布的夜空，又使它显得千般的娇、万般的柔，夏去秋来，金菊盛开，但转眼又是萧瑟西风，黄花憔悴，一片苍凉。

那么，中国究竟美在何处呢？反正她不在事物的表面。别着急，且听我慢慢道来。

这个古老的国家，几个世纪以来，一直缄默不语，无精打采，从不在乎其他的国家对她的看法，但正是在这儿，我发现了世上罕见的美。

中国并没有在那些名胜古迹中表现自己，即使在旅行者远东之行的目标——北平，我们看到的也不是名胜古迹，紫禁城、天坛、大清真……都是这个民族根据生活的需要逐步建立起来的。那是为他们自己建造的，根本不是为了吸引游客或是赚钱。的确，多少年来，这些名胜都是你千金难睹的。

中国人天生不知展览、广告为何物。在杭州无论你走进哪家大丝绸店，你都会发现，店里朴素大方，安静而昏暗，排排货架，整齐的货包，包上挂着排列匀称的价格标签。在国外，店主们常在陈列架上，挂着精心叠起的绸缎，用以吸引人们的目光，招徕顾客，但这儿却没有这些。你会看到一个店员走上前来，当你告诉他想买什么之后，他会从货架上给你拿下五六个货包。包装纸撕掉了，你面前突然出现一片夺目的光彩，龙袍就是用这料子做成的。看着闪闪发光、色泽鲜艳的织锦、丝绒、绸缎在你面前堆起，你会感到眼花缭乱，就像有一群脱茧而出的五彩缤纷的蝴蝶在你眼前飞舞一样。你选好了所要之物，这辉煌的景色也就重又隐入了黑暗。

这就是中国！

她的美是那些体现了最崇高的思想，体现了历代贵族的艺术追求的古董、古迹，这些古老的东西，也和它们的主人一样，正缓慢走向衰落。

这堵临街的灰色高墙，气势森严，令人望而却步。但如果你有合适的钥匙，你或许可以迈进那雅致的庭院。院内，古老的方砖铺地，几百年的脚踏足踩，砖面已被磨损了许多。一株盘根错

节的松树，一池金鱼，一只雕花石凳，凳上坐着一位鹤发长者，身着白色绸袍，宝相庄严，有如得道高僧。在他那苍白、干枯的手里，是一管磨得锃亮、顶端镶银的黑木烟袋。倘若你们有交情的话，他便会站起身来，深深鞠躬，以无可挑剔的礼数陪你步入上房。二人坐在高大的雕花楠木椅子上，共品香茗，挂在墙上的丝绸卷轴古画会让你赞叹不已，空中那雕梁画栋，又诱你神游太虚。美，到处是美，古色古香，含蓄幽雅。

我的思绪又将我带到了一座寺院。寺院的客厅虽然宽敞，却有点幽暗。客厅前有一片小小的空地，整日沐浴着阳光。空地上有一个青砖垒起的花坛，漫长的岁月，几乎褪尽了砖的颜色。每至春和景明，花坛里硕大的淡红色嫩芽便破土而出。我五月间造访时，阳光明媚，牡丹盛开，色泽鲜艳，大红、粉红红成了一团火。花坛中央开着乳白色的花朵，淡黄色的花蕊煞是好看。花坛造型精巧，客人只有从房间的暗处才能欣赏到那美妙之处。斯时斯地，夫复何言？夫复何思？

我知道有些家庭珍藏有古画、古陶瓷、古铜器，还有年代已久的刺绣，这些东西出世时，还没人想到会有什么美洲的存在，它们的历史说不定真的和古埃及法老的宝藏一样古老呢！

变化中的中国发生了一些让人伤心的事情。一些无知的年轻人，或者为贫困所迫，或者是因为粗心大意，竟学会了拿这些文物去换钱。这些古玩实乃无价国宝，是审美价值极高的艺术珍品，是任何个人都不配私人占有，而只应由国家来收藏的。但他们目前还不能明白这一点！

外国对中国犯下了种种罪行，不容忽视的一点就是对中国美的掠夺。那些急不可耐的古玩搜集商，足迹遍及全球的冒险家，还有各大商行的老板，从中国美的宝库中掠夺了不知多少珍品。这委实是对一个无知的人的掠夺，因为她不知道自己认为可以卖到30块银元的东西，根本就不该卖掉。

此外，中国年轻一代中，有很多人的思想似乎尚未成熟，他们的表现让人感到惊愕。他们既然怀疑过去，抛弃传统，也就不可避免地抛弃旧中国那些无与伦比的艺术品，去抢购许多西方的粗陋的便宜货，挂在自己的屋里。这个国家的许多特色是我们所热爱的，而现在我们却要看着这些特色一个个消失，这的确是一个伤心的问题，中国的古典美谁来继承？盲目崇洋所带来的必然堕落怎样解决？难道说随着人们对传统的抛弃，我们也必须失掉庙宇的斗角飞檐吗？

但我也不时感到欣慰，一定会有一些人继承所有那些酷爱美的先辈，以大师的热情去追求美并把它带到较为太平的年代。

读与思

从文字中，我们能感觉到赛珍珠对中国的眷恋之心。她对中国文化的珍爱，对中国文化传承前景的忧虑，直到现在还对人们有着警醒的作用。在当时特殊的历史背景下，赛珍珠的心中矛盾重重，一方面她不可抑制地喜爱中国文化，喜爱中国文化中的宁静安详、从容不迫的优雅风度；另一方面，她又痛恨腐败、军阀混战，希望中国能够民主独立，人民走上富强之路。

三山五泉话镇江

◎陈从周

长江好似砚池波，提起金焦当墨磨。

铁塔一枝堪作笔，青天够写几行多。

这是前人写镇江的一首绝句诗。镇江雄踞长江南岸，拥有三山五泉之胜。三山指的是金山、焦山、北固山，五泉指的是天下第一泉、虎跑泉、鹿跑泉、珍珠泉、林公泉。其中如金山寺和北固山的甘露寺，又和戏曲《白蛇传》《刘备招亲》相联系，因此岁岁年年不知道吸引了多少游客。然而镇江风景之美，倒不是单纯由于这些传说和故事的渲染，而是它本身所具有的水光山色，确能引人入胜。无怪宋代的画家米芾在这里创作了独特风格的米家山水，词人辛弃疾有"满眼风光北固楼"之赞了。

风景的优美或得之天工，或赖于人力。镇江兼有二者之长。扬州瘦西湖中的小金山，与河北承德山庄的金山，均仿此地景色而作，可见其影响之大了。

三山中的金山和焦山，本都是江中的岛屿，如今金山与北固山一样都与陆地相连了。焦山因东汉时焦先隐居于此而得名。游镇江的话，欲览长江之雄伟，可据此远眺；欲盼金、焦，且攀北固；欲欣赏米家山水的雨景，则当登金山。

三山景色之美，各有千秋：焦山以朴茂胜，山包寺；金山以秀丽名，寺包山；北固山以险峻称，寺镇山。

焦山在江中，面对象山，背负大江，漫山修竹，终年常青。

朝暾（tūn）日色，断崖石壁，以及晓风涛声，都曾博得古人赞美。而今吾人登临此山，望滔滔大江东去，巨轮游艇往来，以及镇江、扬州隐约楼市，则又有一番情趣和意境。这里的好处是静中寓动，幽深中见雄伟。而寺中的明代木构建筑与石坊，山间的摩崖石刻，如闻世的梁时《瘗（yì）鹤铭》、宋陆游以迄清代文人题名有几百处之多，更为此山生色不少。山巅的郑板桥读书处——别峰庵也是游人流连的地方。

北固山有多景楼，多景二字已经道出了景色之胜。这座山位于金、焦二山之中，突出江口，形势险要。坐楼中可俯视惊涛拍岸，白浪滔天，且有小艇渔舟，在幽篁古木之间时隐时现。不登此楼，诚不知此景之妙。山既名北固，点缀景物亦从其雄健处着眼，因此遍植松林。放眼望去，郁郁葱葱，无怪清代词人蒋鹿谭有"看莽莽南徐，仓仓北固"之句。

金山虽然已不在水中，但新凿了塔影湖，从天下第一泉望去，却有宛在水中之感。现在又布置了百花洲，风光更胜往昔了。

镇江地区多山，虽不能像滁州一样"环滁皆山也"，然"西南诸峰，林壑尤美"，确可当之无愧。镇江南郊多山，岗峦起伏，舒展如长卷，其间招隐、竹林二寺，处境尤佳，真所谓"一江云树画中收"。而可以与南京栖霞山相颉颃。虎跑、鹿跑、珍珠、林公诸泉，皆出自山中。涓涓之水，其味清甘，与金山天下第一泉相若。泉是山眼，它点出了山的灵秀，两者相得益彰。

总之，镇江的景色，具雄伟之势，无旖旎纤巧之气。它使游者眼界开阔，心旷神怡。

读与思

　　"金山寺裹山，焦山山裹寺，北固寺冠山。"这是在坊间广为流传的镇江三山的山水特色。正如本文作者写道：

　　"三山景色之美，各有千秋：焦山以朴茂胜，山包寺；金山以秀丽名，寺包山；北固山以险峻称，寺镇山。"

　　金山秀丽，焦山朴茂，北固山险峻。作者牢牢抓住三山五泉的特征，描绘出其独特之处和内在韵味。作者将自己的情思融入所描绘的景物中，寓情于景，我们阅读时要细细品味。

群文探究

阅读本单元，然后根据自己的兴趣爱好，选择自己喜欢的专题（也可以另外设置专题），以小组为单位进行专题探究。

专题一：撰写参观记

组织参观赛珍珠故居和纪念馆，实地了解她的生平事迹，探访她与镇江的渊源，撰写参观记。要求：

1.按照游览顺序写景物，将定点观察和移步换景相结合；

2.抓住参观重点，详写过程，注意将历史物件和人物的经历巧妙结合；

3.运用借景抒情手法，做到情景交融。

专题二：举办"大美故乡"展览

拿起自己的画笔或者照相机，拍摄镇江的人文美景，举办一次"大美故乡"展览。

第七章　梦里寻他千百度

仙人如爱我，举手来相招。

　　镇江俨然是一座适宜漫步和闲思的城市，"牛郎织女""白蛇传"的传说皆发源于此，还有刘备招亲甘露寺，都是家喻户晓的传说。

　　踱步于那些静寂的历史古街，游走在那些神话故事中，感受着岁月的流逝。正是"梦里寻他千百度"，蓦然回首，恍如穿越回去，自是别有一番滋味。

水漫金山寺

许仙来到金山寺，法海告诉他白娘子是蛇妖，撺掇许仙出家。

许仙想：娘子对我的情义比海还深，即使她是白蛇，也不会害我的；如今还有了身孕，我怎能丢下她出家做和尚呢！这样一想，他无论如何也不肯出家。法海和尚见许仙不答应，便不管三七二十一，把他关了起来。

白娘子在家里等许仙，左等等不来，右等等不来。一天、两天、三天，等到第四天，她再也耐不住了，便和小青划只小舢

板，到金山寺去寻找。

小舢板停在金山下，白娘子和小青爬上金山，在寺门口碰到一个小和尚，白娘子问："小师父呀，你知道有个叫许仙的人在寺里吗？"

小和尚想一想，说："有，有这个人。因他老婆是个妖精，我师父劝他出家做和尚，他不肯，现在师父把他关起来了。"

小青一听冒起火来，指着小和尚的鼻子大骂："叫那老贼秃出来跟我讲话！"

小和尚吓得连滚带爬地奔进寺去，把法海和尚叫了出来。法海和尚见了白娘子，就嘿嘿一阵冷笑，说道："大胆妖蛇，竟敢入世迷人，破我法术！如今许仙已拜我做师父了。要知道'苦海无边，回头是岸'。老僧慈悲为本，放你一条生路，趁早回去修炼正果。如若再不回头，那就休怪老僧无情了！"

白娘子按住心头之火，好声好气地央告："你做你的和尚，我开我的药店，井水不犯河水，何苦硬要和我做对头呢？求你放我官人回家吧！"

法海和尚哪里听得进去，举起手里的青龙禅杖，朝白娘子兜头就敲。白娘子只得迎上去，小青也来助战。青龙禅杖敲下像泰山压顶，白娘子有孕在身，渐渐支持不住，败下阵来。

她们退到金山下，白娘子从头上拔下一只金钗，迎风一晃，变成一面小令旗，旗上绣着水纹波浪。小青接过令旗，举上头顶摇三摇。一霎时，滔天大水滚滚而来，虾兵蟹将成群结队，一齐涌上金山去。

大水漫到金山寺门前，法海和尚着了慌，连忙脱下身上袈裟，往寺门外一遮，忽地一道金光闪过，袈裟变成一堵长堤，把滔天大水拦在外边。

　　大水涨一尺，长堤就高一尺；大水涨一丈，长堤就高一丈，任凭你波浪怎样大，总是漫不过去。白娘子看看胜不了法海和尚，只得叫小青收了兵。她们又回到西湖去修炼，等待机会报仇。

（选自民间故事《白蛇传》）

读与思

　　民间故事是民间文学中的重要门类之一。从广义上讲，民间故事就是劳动人民创作并传播的、具有虚构内容的、散文形式的口头文学作品，是所有民间散文作品的统称，有的地方叫"瞎话""古话""古经"等。民间故事是从远古时代起人们口头流传的一种以奇异的语言和象征的形式讲述人与人之间的种种关系，题材广泛而又充满幻想的叙事体故事。民间故事从生活本身出发，但又并不局限于实际情况以及人们认为真实的和合理的范围之内。它们往往包含着自然的、异想天开的成分。

　　阅读《牛郎织女》《孟姜女哭长城》《梁山伯与祝英台》和《白蛇传》四大民间爱情传说，了解民间故事的特点。

刘备甘露寺招亲

◎罗贯中

却说乔国老辞吴国太归，使人去报玄德，言："来日吴侯、国太亲自要见，好生在意。"玄德与孙乾、赵云商议，云曰："来日此会，多凶少吉，云自引五百军保护。"

次日，吴国太、乔国老先在甘露寺方丈里坐定。孙权引一班谋士，随后都到，却教吕范来馆驿中请玄德。玄德内披细铠，外穿锦袍，从人背剑紧随，上马投甘露寺来。赵云全装惯带，引五百军随行。来到寺前下马，先见孙权。权观玄德仪表非凡，心中有畏惧之意。二人叙礼毕，遂入方丈见国太。国太见了玄德，大喜，谓乔国老曰："真吾婿也！"国老曰："玄德有龙凤之姿，天日之表，更兼仁德布于天下。国太得此佳婿，真可庆也。"玄德拜谢，共宴于方丈之中。

少刻，子龙带剑而入，立于玄德之侧。国太问曰："此是何人？"玄德答曰："常山赵子龙也。"国太曰："莫非当阳长坂抱阿斗者乎？"玄德曰："然。"国太曰："真将军也。"遂赐以酒。赵云谓玄德曰："却才某于廊下巡视，见房内有刀斧手埋伏，必无好意。可告知国太。"玄德乃跪于国太席前，泣而告曰："若杀刘备，就此请诛。"国太曰："何出此言？"玄德曰："廊下暗伏刀斧手，非杀备而何？"国太大怒，责骂孙权："今日玄德既为我婿，即我之儿女也。何故伏刀斧手于廊下？"权推不知，唤吕范问之，范推贾华。国太唤贾华责骂，华默然无言。国太喝令斩之。玄德告曰："若斩大将，于亲不利，备难久居膝下矣。"乔国老也相劝，国太方叱退贾华。刀斧手皆抱头鼠窜而去。

玄德更衣出殿前，见庭下有一石块。玄德拔从者所佩之剑，仰天祝曰："若刘备得勾回荆州，成王霸之业，一剑挥石为两段。如死于此地，剑剁石不开。"言讫，手起剑落，火光迸溅，砍石为两段。孙权在后面看见，问曰："玄德公如何恨此石？"玄德曰："备年近五旬，不能为国家剿除贼党，心常自恨。今蒙国太招为女婿，此平生际遇也。恰才问天买卦，如破曹兴汉，砍断此石。今果然如此。"权暗思："刘备莫非用此言瞒我？"亦掣剑谓玄德曰："吾亦问天买卦，若破得曹贼，亦断此石。"却暗暗祝告曰："若再取得荆州，兴旺东吴，砍石为两半！"手起剑落，巨石亦开。至今有十字纹"恨石"尚存。后人观此胜迹，作诗赞曰：

> 宝剑落时山石断，金环响处火光生。
>
> 两朝旺气皆天数，从此乾坤鼎足成。

二人弃剑，相携入席。又饮数巡，孙乾目视玄德，玄德辞曰："备不胜酒力，告退。"孙权送出寺前，二人并立，观江山之景。玄德曰："此乃天下第一江山也！"至今甘露寺碑上云"天下第一江山"。后人有诗赞曰：

> 江山雨雾拥青螺，境界无忧乐最多。
>
> 昔日英雄凝目处，岩崖依旧抵风波。

二人共览之次，江风浩荡，洪波滚雪，白浪掀天。忽见波上一叶小舟，行于江面上，如行平地。玄德叹曰："南人驾船，北人乘马，信有之也。"孙权闻言，自思曰："刘备此言，戏我不惯乘马耳。"乃令左右牵过马来,飞身上马,驰骤下山,复加鞭上岭,笑谓玄德曰:"南人不能乘马乎?"玄德闻言,撩衣一跃,跃上马背,飞走下山,复驰骋而上。二人立马于山坡之上,扬鞭大笑。至今此处名为"驻马坡"。后人有诗曰:

　　　　驰骤龙驹气概多,二人并辔望山河。

　　　　东吴西蜀成王霸,千古犹存驻马坡。

当日二人并辔而回。南徐之民,无不称贺。

　　　　　　　　　　　　(节选自《三国演义》第五十四回)

📖 **读与思**

　　天下名山故事多,北固山是一座历史名山,俗称"三国山"。甘露寺雄踞在北固山后峰的顶上,所以北固山有"寺冠山"之说。《三国演义》第五十四回"吴国太佛寺看新郎,刘皇叔洞房续佳偶"的故事就发生在这里。

　　赤壁大战后,刘备借东吴的荆州不还,周瑜向孙权献计,以其妹孙尚香为饵,设下美人计,诱刘备来京口联姻招亲,趁机将其扣为人质,以讨还荆州。诸葛亮将计就计,使孙刘联姻弄假成真,使东吴赔了夫人又折兵。

　　甘露寺招亲,弄假成真,刘备得了便宜卖乖,孙权是哑巴吃黄连,二人心照不宣。细细读读这一段,品味人物的心理状态。

董永与七仙女的故事

传说汉朝的时候，在丹阳延陵住着一户穷苦人家，父子俩相依为命，儿子名叫董永。董永长大后，父亲不幸病死，董永伤心不已，可无钱安葬，不得已，去延陵北几十里外的傅家庄，卖身傅员外家做工，换些钱将父亲安葬，再回傅家庄上工。

天上玉皇大帝的小女儿七仙女，久住天宫，深感孤独寂寞，思慕人间生活。一日她随六位姐姐去凌虚台游玩，遥遥俯视下界人间，忽见丹阳卖身葬父上工的董永，被他的忠厚老实所打动，对其萌发了爱慕之情，想下凡与之婚配，过人间生活。

董永埋葬了父亲，三日之后便到员外家上工。一路上，他心中痛苦，愁眉紧锁，不住地长吁短叹。走着走着，见前面有一棵老槐树，树下有个土地庙，便想在这里坐下来，歇歇脚。

董永刚要坐下，就见有个衣着朴素、容貌美丽的姑娘朝老槐树走来，站在他的身旁。

董永有些局促不安。沉默了一会儿，姑娘首先开口道："小女子已无家可归，不知大哥可肯收留，结为百年之好？"

董永忙说："你我素不相识，既无父母之命，又无媒妁之言，怎能私下婚配？"

姑娘说："你可问老槐树三声，你愿意为七姐和董永做媒吗？老槐树如果答应三声，就是愿意。问过老槐树，再去问土地爷。"

于是董永上前问老槐树："老槐树老槐树，你可愿意为我们做媒吗？"

老槐树突然开口说："仙女配贤郎，美满世无双。愿意，愿意！"董永一连问了三遍，老槐树回答了三遍。

董永又去问土地爷："土地爷，你可愿意为我们主婚吗？"

土地爷说："仙女配贤郎，一对金凤凰。愿意，愿意！"董永一连问了三遍，土地爷回答了三遍。

晚上，董永和七仙女就在老槐树下结成了夫妻。

董永与七仙女结成夫妻，双双到傅员外家去上工。傅员外故意习难，提出了一个苛刻的条件，限定董永夫妇于当天夜里织出十匹云锦。如果织得出来，三年的长工改为百日；如果织不出来，三年之后再加三年。七仙女爽快地答应了，董永却焦急万分。

夜深人静时，七仙女在屋子里点起一炷下凡时姐妹们赠送的"难香"。天上的众仙女闻到香味，知道小妹在人

85

间遇到了难处，便顷刻之间来到了傅员外家。她们听了小妹妹的述说，就一起动手干了起来。这些天上的巧手姑娘，还没等到天亮，就把十匹绚丽多彩的云锦织出来了。

第二天早晨，董永看见这十匹美丽的云锦又惊又喜，心想自己的妻子莫非是神仙吧！他们抱着十匹云锦给主人送去，傅员外也大为惊异，只好把三年的工期减为百日。

期满后，夫妻俩高高兴兴回到自己的家中。这时七仙女才告诉董永，说自己是天上下凡的仙女，还说他们将要有一个小宝宝了。董永听了更加欢喜。从此夫妻俩男耕女织，相亲相爱，过着幸福的生活。

一天，天上的玉帝终于查出小女儿私下凡尘跟董永结为夫妻的事，不禁勃然大怒。七仙女为了不使丈夫遭到杀害，只好在他们定情的那棵老槐树下，忍痛跟董永告别。

临别时，七仙女流着泪和董永约定说："来年碧桃花开日，槐荫下面把子交。"说完便被天神捉走了。一对恩爱夫妻，就这样被残酷地拆散了。

后来七仙女托太白金星将儿子送给董永。儿子刻苦学习，考取了状元，还当上了大官。

　　至今，丹阳延陵镇南有座望仙桥，这就是传说中董永和他的儿子仰望星空，期盼七仙女回归人间的地方。

（选自《董永的传说》）

读与思

　　"树上的鸟儿成双对，绿水青山带笑颜……"董永与七仙女的传说可谓家喻户晓，20 世纪 50 年代更是随着黄梅戏《天仙配》而名扬天下。故事中的人物给你留下了什么深刻的印象呢？请分析故事中人物形象的特点。

群文探究

民间故事起源于民间，产生于老百姓的生活，虽然刚开始没有文字记载，但是在交通、通信极为闭塞的古代，为什么能够流传下来？民间故事到底有什么独特的魅力，让它千百年来都能焕发出无穷的生命力呢？以小组为单位，选择主题探究民间故事这一文学形式。

专题一：民间故事知多少

以小组为单位，搜集和镇江有关的民间故事，整理汇总，形成小组民间故事集。

专题二：民间故事大揭秘

民间故事中的人物形象鲜明，人物的身上寄托了人们的情感和美好愿望。分析比较搜集到的民间故事，这些故事中的人物都有哪些鲜明的特点？分别寄托了老百姓哪些美好的情感和愿望？

专题三：民间故事小剧场

民间故事情节上一波三折，引人入胜。后人多加工成戏剧、歌谣等表演形式，赋予民间故事新的生命力。以小组为单位，加工一个民间故事，在班级开展"镇江民间故事小剧场"展演活动。

第八章　飞入寻常百姓家

观音洞上来观看，车子轿子上金山。

　　每一座老城市的印记，都是一个时代的缩影。它就像一张张褪色的相片，在时间里流淌。寻常巷陌，民俗歌谣，美食风情，虽然历经岁月的沧桑更迭，但依旧浓郁甘甜，令人回味无穷。本单元的阅读，旨在带领大家走进镇江的角角落落，走进老镇江人的生活，探究老镇江民风民俗的醇厚与精致。

扫码立领
★ 名师朗读
★ 美文微课
★ 城市印象
★ 老城记忆

醋（节选）

◎雨　城

酢，今醋也。

——《齐民要术·作酢法》

仅从结构上看，也可以咂出点滋味来，食醋者和褚兆丰闲来无事都曾琢磨过一个"醋"字。

左半边酉，象形，像是从前把稻米置于其中发酵、蒸煮的坛屉；右边则是意思，昔，三七二十一日，昔日，稻米在坛屉中经过昔日之积淀，这醋产生了。日子久了，与岁月、历史一起存放，醋也就香了。褚兆丰基本上把"酉"看作他的产业与牌子，而"昔"字则是一段沧桑。

一个"醋"字，啥都在里头了。

天色熹微，大半个世界还陷在黑暗之中，从京杭古运河上飘来的雾气弥漫于恒昌源记醋作坊的一千四百多口醋缸上方，倘若说到财富，褚兆丰认为这些由先辈传下来的百年醋缸便是财富。嘉庆元年恒昌源记扩大规模，从宜兴运来粗紫砂缸，单是驴子就有五百多匹，足排了七八里地。如今存留的则弥足珍贵，缸壁上陈年的醋垢便是取之不尽的银元啊！

褚兆丰朝南面看去，他一时分不清何为醋缸尽头的稻米垛，一千担新鲜的糯稻米直接从苏北乡下收来，堆积如山，与远处的十里长山连绵一处。背着光亮褚兆丰摸索过去。巨大的稻垛中间掏了一个通天的柱形大洞，底下用烧柴木蒸烤加温。掌握火候的是褚家爷爷辈上的大醋工田家冬，老人家的眼睛已经给醋酸熏得半瞎，基本上凭感觉带领醋工们为恒昌源记的醋业添加柴木。

稻垛受热形成的蒸气与拂晓前的晨霭融合一处，焦酸味与河腥味混合起来怪怪的。倘若再晚一些，隔壁洪家开始从木染糟里捞起昨夜浸下去的布匹，大竹篙子叉晒之时，浓浓的碱味便掺和了焦酸味以及古运河的气味，就成了大北路的经典气味。据说妇女因之而有些白嫩，老人也长寿些，夜哭郎的孩子闻到熟悉的气味，就平静了许多。

田家冬老爹大概有七十三四了，他抱着一捆桑树枝沿着加柴的巷道往稻米垛下去，略为有点罗圈腿，但步履稳健。

他为褚家醋业贡献了一生，终身未娶，醋使他红光满面，但也使光明与世间万物在他的眼瞳中模糊不清并且即将消失。这一回蒸烤稻米的分量不用兆丰关照，他的心里就有数了，平常是用麦草或芦苇秆，而此番却特地从五十里外的洪高梅村运来了大捆大捆的桑树枝。桑枝耐烧，清香扑鼻，田老爹一生当中只碰到几回如此珍贵的蒸饭（蒸稻）。

他借着塘火的微亮下到垛底，一枝枝从怀里抽出桑枝添加到火堆上，金星飞舞。

看似一切尚好，褚兆丰悄无声息地离开了。天色熹微，小山似的稻米垛高高耸立着，淡淡的醋米香已在垛堆的四周低低萦绕。糟造醋不酿酒，这一划时代的壮举，也许将悄然诞生于古老的恒昌源后作坊。褚兆丰不禁弯下腰来，捧起一把细长的糯稻米，将一撮褐黄的颗粒送进他生着一排细白牙齿的嘴里，抿一下薄嘴唇，上下牙交合了，清香夹淡淡的酸味由舌面向鼻腔蹿去——他闻到一股熟悉而奇异的醋酸气味，恒昌源记百年来卖的就是一种与众不同的滋味。醋，人人会酿，酸气无处不在，暑天米饭搁久了，酸了，也是醋。而酸酸气息中蕴含着一缕缕扑鼻香气，微甜却不涩，酸而微苦的滋味，寻遍中华也就恒昌源记香醋独有。这醋汁汇聚了恒昌源记的历史与灵性。

兆丰放眼望去，仿佛看见万千醋的精灵在稻米垛上跳来跳去，这是褚家基业的友善使者。褚兆丰心情激动，眼眶湿润，今天，就在此刻，作为醋改革的发起者，他终于又见精灵们一如既往地歌舞。

读与思

本文选自以镇江香醋工艺改革为背景的小说。小说以恒昌源记"糟造醋不酿酒"的伟大壮举为故事情节展开，刻画了褚兆丰锐意变革的执着，人物细节的刻画细腻而生动。小说中多次写到了"稻米垛""天色""醋酸味"，想一想，这些描写对人物形象的刻画起到了什么作用？

金山忆旧

◎叶灵凤

金山在镇江，古名京口，以三座山著名，这就是北固山、焦山和金山。我的家曾在镇江，我自己也在镇江的一所教会中学里念过书，金山正是我的旧游之地。不要说是在舞台上，就是在纸面上每见到金山两字，也令我分外感到一种亲切。

谈镇江的肴

在镇江人口中，肴肉就称为"肴"，没有这个"肉"字。在茶楼酒馆的招牌上，则称为"京江蹄肴"。请注意这个"蹄"字，已经说明"肴"必然是用猪腿肉制成的。

再有，镇江的"肴"，是要先经过腌制过程的，腌的时候还要用"硝"，这是一项重要手续，而且是"秘密"所在。经过"硝"腌制的猪腿肉，煮熟成了"肴"，肉质紧凑，近于"曝腌咸肉"，而且有一种特殊的香味。

外地人也许不太相信，镇江著名的"肴"，在当地并非当作菜肴，而是当作点心，当作小吃来卖的。因此，卖"肴"的地方，并不是酒楼饭店，而是喝茶吃点心的茶楼。

当然，酒楼也会有肴供应，作为冷盘之一，但是最好的肴，只有在茶楼面馆里才可以吃得到，在酒楼里是吃不到的，并且只有上午有。过了中午，多数大茶楼都收市，以便堂倌休息，应付

第二天黎明就要开市的早市。

年轻时候在镇江念书，家就在有名的大茶楼"朝阳楼"附近。放假回家的时候，早上有机会上朝阳楼去吃茶，实在是一件大乐事。所谓"吃茶"，不只是吃点心，主要的就是吃"肴"吃面。最有名的面是白汤的，浇头是鸡火。

点心包括汤包、菜包、烧卖和大肉包，烧饼有蟹壳黄和酥油烧饼，此外，还有千层油糕。但是最精彩的节目是来一碗白汤的鸡火面，再来几块"肴"。

"肴"是论条件吃的，吃一件算一件。老茶客要"肴"的时候，总要向堂倌叮嘱一句："多来几件眼镜儿！"这是腿肉的肉眼部分，即广东人所说的"老鼠肉"，切成件后恰好是两个圆圈，看来像是眼镜，因此称为"眼镜儿"，这是蹄肴中之最上品，一碟之中只有两件。

"肴"是冷吃的，而且不是咄嗟立就的，但是吃"肴"又贵在新鲜，因此，茶馆总是在隔壁或是夜里将"肴"煮好，留在第二天早上应市，货品准备是有限度的，往往早市一过，肴就已经卖完了，要明日请早了。

据老于此道的人见告，"肴"的原料所用的猪腿，前腿比后腿好，经过用硝腌制的手续，煮熟了就成了美味的"肴"。

"肴"是连皮吃的，因此猪肉要细嫩，据说从前镇江每天有人到四乡去收购猪腿，送交市中的茶楼供作制"肴"的原料。甚至还有人到瓜洲扬州去搜购。可见"肴"的每天销场之大。可惜我从不曾认真地向善于制"肴"的老师傅请教过，为什么镇江当地所卖的"肴"，吃起来会那么又香又嫩。

镇江的"肴"，吃时是要用镇江特产的黑色滴醋，伴以姜丝，蘸着来吃，滋味就显得格外鲜美。

镇江的鲥鱼

近日报纸上已有鲥鱼上市的广告。江南鲥鱼，首推产于镇江江面者，近读番禺的《粤东诗话》，也盛称焦山鲥鱼之美。

丙子初夏客金陵，同社欲择地为鲥鱼之会，予曰，渔洋诗云：鲥鱼出水浪花圆，北固楼头四月天。何等雅致，何不雅集焦山阁乎，众称妙。时渔者放舟象焦两山间，得数尾，即烹而食之，鲜腴冠平生所尝，群贤称快，此一事也。翁山诗称鲥鱼以甘竹滩所产樱桃颊者为最佳，此又一事也。学海堂诗课，尝以鲥鱼命题，刘彤卷领联，传诵一时，吾粤人视之，以为"白日风尘驰驿骑，炎天冰雪护江船"一联，不能专美矣，此又一事也。言鲥鱼故实者，或亦乐道之。

所谓刘彤鲥鱼诗最受人传诵的一联，据同书所载，为"新滩甘竹水，凉雨苦瓜时"。甘竹滩在顺德，即屈翁山在《广东新语》中所称产樱桃颊鲥鱼的地点。鲥鱼在广东又名三鯠。广东食谱以苦瓜煮三鯠为一名馔，所以刘诗有"凉雨苦瓜时"之句。至于"炎天冰雪护江船"，则是在清代，长江鲥鱼初上市时，被列为贡品，由地方官将渔船最初网得的鲥鱼呈封疆大吏，再由大吏以快马驰驿入贡京师，由皇帝存储太庙，然后臣下和老百姓才敢随便购食。鲥鱼贵在新鲜，在初夏天气要用藏在地窖里的天然冰块来覆盖，所以有"炎天冰雪护江船"之句。

我不大喜食鲥鱼，因此诗人所艳称的镇江鲥鱼滋味之美，虽然尝过，却不大能道出究竟。年轻时家居镇江，在一家教会所办的中学念书，大哥则在镇江海关任职，同沿江一带的艇户渔家非常熟识，鲥鱼初上市时，往往能优先受到他们的馈赠，用竹篮盛了，上下护以柳叶。最好的吃法是用猪油裹了来清蒸，加上几片上好的火腿，滋味据说非常腴嫩，尤其是鱼鳞下面所含的脂肪。可是我不喜欢肥腻，吃鱼只喜欢吃鳜鱼一类少刺的鱼，又只喜欢吃鱼背，因此，虽然住过长江出产鲥鱼最好的地点，也吃过最新鲜的鲥鱼，却辜负了它，不能完全欣赏它的美味。

镇江酱菜

镇江的酱菜，一向是有名的。种类有酱黄瓜、酱生姜、萝卜头、什锦酱菜，都是当地传统著名的特产。最近有一批这样的酱菜运到这里发售，除了没有酱生姜之外，其余三种都有。都是用玻璃瓶装的，铁盖。美中不足的是，铁盖撬开后，就不能再用，一只质地非常好的玻璃瓶，就变成没有盖的了。以前曾来过一批，是用螺旋的铁盖的，不知现在为什么又改了装。

但这总比早几年用玻璃杯的铁盖装设计好得多了。以前那一只盛酱菜的玻璃杯，用意原来很好，吃完了酱菜还可以有一只玻璃杯可用，可惜那铁盖盖得非常紧，很难撬得开，往往要撬破了玻璃杯的边缘，深以为可惜。

那时的酱菜除了杯装的之外，还有罐头的。只是浸在酱汁里的酱菜，实在不宜制成罐头，容易有铁腥味。从前镇江三和的萝卜头罐头就是此弊。现在一律改用玻璃瓶装，该是最理想的了。若是能用普通的螺旋瓶盖，使得这一只玻璃瓶将来还可以有用途，那就是更理想的了。

这次运来的镇江酱菜，确是镇江恒顺酱醋厂的出品，用了金山寺做商标。镇江的滴珠黑醋也是有名的。吃镇江肴肉，吃上海大闸蟹，若是没有镇江醋，吃起来就要大为减色了。

我记得从前的镇江酱菜，是咸得很，咸得有一点过分。现在的新产品，没有那么咸了，但也有了新的缺点，那就是乳黄瓜的糖分太重，吃起来觉得太甜了。

三种酱菜之中，滋味最好的是萝卜头，这也是镇江出产的酱菜之中最有特色的一种。是用杨花萝卜作原料的。贵小不贵大，

腌制成酱菜后，外皮微红，吃起来特别爽脆。

这类酱菜，是适宜送粥，或是送茶淘饭的。这些都是滋味清淡的具有民族风格的家庭小菜。吃惯了牛油面包或是牛奶咖啡作早餐的人，若是能找个机会吃一顿白粥作早餐，佐以油条和几样小碟的酱菜，体验一下我们祖先千百年来的朴素生活方式，也可以滤清一下整天在这里所吸收的那些乌烟瘴气。

（节选自《叶灵凤随笔合集》）

读与思

叶灵凤先生是个情趣多样的人，人生后三十年生活在香港，但是对童年生活过的镇江却念念不忘，谈起镇江的特产美食更是娓娓道来：肴肉的做法、吃法，鲥鱼的新鲜美味，即便是镇江酱菜瓶的变化先生都能如数家珍。折射出先生对这段镇江生活的深情和眷念。读读这篇文章中的三种特产，你也许能够了解一个世纪之前老镇江的风土人情。百年之后的今天，这三种美食又有了哪些发展或变化？到生活中去寻找吧！

面锅里面煮锅盖

◎王桂宏

镇江有"三怪","面锅里面煮锅盖"这是一怪，通俗的说法叫锅盖面。中国人的主食是大米小麦，要说吃面条，一点也不怪。镇江的面条怪就怪在下法与众不同，独树一帜。下面时将锅盖放在面汤里煮，锅盖比面锅小，锅中水在翻泡，锅盖压在沸腾的水上，称之为怪异一点不觉奇。当然，锅盖面之所以出名，还是有来历的，应该说沾了乾隆皇帝的光。

当年乾隆皇帝除了爱游山玩水，还是一个美食家。他在皇宫里吃尽了山珍海味，下江南到了民间后，也是遍尝当地的风味名食。当时镇江人早上爱吃面，镇江的大街小巷到处是面店。灶上下面，灶外没有桌子，吃面条的人都蹲在路边吃面。一个小面馆门前的挡雨棚下全是蹲着吃面的人，煞是壮观。

乾隆皇帝慕名寻到镇江城外的一个有名的姑嫂面店。这姑嫂面店的姑子送面到客家，面店里只有嫂子一人忙里忙外。皇帝驾到后，前呼后拥，面店顿时热闹起来。护驾的等不及，多次派太监催着上面条。这嫂子手脚再麻利，也没有见过这场面，手脚忙乱之中误将灶头上汤罐的小木盖子落进了面锅里。煮熟了的面条在汤罐盖子下面"咕嘟咕嘟"直翻泡，不一会儿水就开了。嫂子按照惯例加进两瓢冷水养一养面，水再次沸滚起来，面透出气后，嫂子很快将面条捞起来，装进碗里，配上特制的面汤料，加上浇头由太监递到皇帝面前。

这时嫂子的心才落下来。当她的目光在沸滚的面汤上扫了一眼后，心里又挂起了一块石头。原来她看到了面锅里漂着汤罐的盖子，她真担心刚才的面条味道因锅里有木汤罐盖而不地道，更担心有异味遭到皇帝问责。

皇帝吃着这碗面，赞不绝口。这也难怪，真应了"隔锅饭香"那句话。皇帝平时吃惯了山珍海味，换了一个口味，感到这面条特别筋道，特别香，汤特别鲜。吃完一大碗面条，还有些意犹未尽。乾隆皇帝毕竟是个美食家，吃到美食，总想去后厨看个究竟。他来到厨房仔细察看，只见锅盖落在汤锅里，漂在汤上，汤溢出来了，锅里的泡泡直冒直蹿。

突然间，乾隆皇帝好像发现什么秘密似的惊叫起来："难怪这面条这么香，这么鲜，原来是把锅盖放进面锅里煮的！"皇帝的话就是圣旨，这句话成就了镇江"面锅里面煮锅盖"的独特美食，也就有了镇江一怪，"面锅里面煮锅盖"也就有了名气。

（选自《乡愁·镇江卷》）

读与思

有兴趣的同学去尝尝锅盖面，观察锅盖面的做法；联系生活实际，结合本文，说说"面锅里面煮锅盖"的意思。

童谣里的老镇江

新春歌谣　迎新年

二十三，糖瓜粘；二十四，扫房子；

二十五，做豆腐；二十六，去打肉；

二十七，去杀鸡；二十八，白面发；

二十九，贴道友；三十坐一宿，初一扭一扭。

（选自《丹徒的传说与歌谣·迎新年》，演唱者仲仁村，采录于丹徒世业乡。）

育儿歌谣 孩儿满月理发歌

金钩挂在金柱上，公子包在怀中襁；

从小生得体健壮，长大定能保国防。

手拿金刀轻飘飘，诸亲六戚请勿闹；

我来剃了公子头，定能拜将又封侯。

（选自《丹阳的传说与歌谣·孩儿满月理发歌》，演唱者张顺发。）

玩乐歌谣 镇江五门景

东门景

出东门，京岘山，上云寺，宝塔湾，

八角亭上来观看，桃花坞，莲花庵。

南门景

出南门，四面山，张王庙，九华山，

竹林上面来观看，八公洞，观音山。

西门景

出西门，到昭关，银山门，聚宝山，

观音洞上来观看，车子轿子上金山。

北门景

出北门，祀孤祠，走龙埂，北固山，

甘露寺上来观看，梳妆台，对焦山。

小门景

出小门，到拖板，黄花亭，浮桥巷，

登仙桥上来观看，大埂之下姚一湾。

（选自《中国歌谣集成·江苏卷·镇江五门景》，演唱者王福根。记者吉有余，1987年10月10日采录于润州区。）

读与思

　　镇江流传着丰富多彩的民俗歌谣，比如新春歌谣、婚俗歌谣、育儿歌谣、建房歌谣、玩乐歌谣等，表达了老镇江人追求和谐吉祥生活的美好愿望。读读唱唱这些朗朗上口的民歌童谣，你能感受到老镇江人哪些美好的愿望和情感呢？

群文探究

镇江的古街古巷、民风民俗、美食歌谣，都是这座城市的活化石，也是一张张鲜活亮丽的城市名片。这些都需要有人去挖掘，去宣传。来吧，来做一回小记者，到实地采访吧！

专题一：确立采访任务

以小组为单位，选定一个采访主题。

推荐主题：

1. 与作家一道古巷游学，传承古巷文化；

2. 老镇江童谣歌谣采风搜集；

3. 镇江美食大调查；

4. 探秘恒顺酱醋厂。

专题二：新闻采访

熟悉新闻采访的一般方法和步骤。制订采访方案，草拟采访提纲，分小组进行采访实践，搜集新闻素材。

专题三：新闻写作

每位同学完成一篇采访新闻稿，小组内加工整理，制作成小报或者美篇。

专题四：新闻播报

在班级内展示小组内新闻小报或者美篇。

第九章　一辈子学做老师

蚕丝吐尽春未老，烛泪成灰秋更稠。

　　"一个人遇到好老师是人生的幸运，一个学校拥有好老师是学校的光荣，一个民族源源不断涌现出一批又一批好老师则是民族的希望。"这是习近平总书记对好教师的期待与嘉奖。镇江，这座人杰地灵的小城，自古便尊师重教，特别是近代以来，涌现出了一批呕心沥血为国育英才的好老师。本单元的阅读，旨在带领大家从一个个事件中品读教师的人格魅力，体会他们鲜明的形象特征。

扫码立领
★ 名师朗读
★ 美文微课
★ 城市印象
★ 老城记忆

昭明太子读书台

◎ ［清］王士禛¹

王孙②读书处，梵宇③自萧森。

无复维摩室④，空余双树林⑤。

荒台梁碣⑥尽，夕景楚江⑦阴。

古像今犹在，风流不可寻。

注释

①王士禛（1634—1711）：字子真，一字贻上，号阮亭，又号渔洋山人，山东新城（今山东省桓台县）人。清顺治十二年（1655）进士，官至刑部尚书。作诗主张学唐诗，创神韵说。

②王孙：贵族子弟。此处指梁武帝长子昭明太子萧统。

③梵宇：佛寺。此处指招隐寺。

④维摩室：佛殿。维摩，菩萨名。萧统小字维摩，故此处又指萧统书斋。

⑤双树林：指娑罗双树，为释迦牟尼入灭处。

⑥梁碣：梁代的碑碣。

⑦楚江：润州为吴楚之地，楚江即长江。

读与思

　　王士禛以诗文为一代宗师，诗文讲究"古淡清远的意境"。在这首诗中，出现了很多的地名，如"梵宇""维摩室""双树林""荒台""楚江"等，想想这些名字与昭明太子有什么关系？联系这首诗的背景，想想王士禛想要表达自己什么样的情感？

晤九十八岁老人马相伯

◎吴 梅[1]

东南耆硕[2]爱郊居，睥睨[3]功名但读书。

便座倾谈皆法语，盛时征献此通儒。

四朝隆替[4]悬双目，百国人文接一庐。

何幸过江亲杖履，温容垂问得春嘘[5]。

注释

①吴梅（1884—1939）：字瞿安，号霜厓，长洲（今江苏苏州）人。历任北京大学、中山大学、中央大学、金陵大学等校教授。吴梅一生致力于戏曲及声律研究和教学，著有《顾曲麈谈》《词学通论　曲学通论》《中国戏曲概论》《元剧研究ABC》等，又有传奇、杂剧10多种。

②耆（qí）硕：德高望重的老人。这里称赞马相伯年高德劭。

③睥睨：眼睛斜看，表示傲视或厌恶。

④隆替：兴衰。

⑤得春嘘：得到老人如春风般温暖的垂询。

读与思

纵观马相伯的一生，他书写了一段毁家兴学的传奇，横跨了中国内忧外患的一百年，值得后世永远铭记。吴梅先生在马相伯九十八岁高龄时拜访他，对他的学识和人品深感敬佩。请根据注释了解这首诗的意思，联系马相伯的生平体会吴梅先生对这位百岁老人的情感。

我心中的老师
——于漪老师二三事

◎王厥轩

每次从报纸杂志上看到于漪老师的文章、照片，我便会感奋起来，想起她的许多往事。

我上高中，是1963年，那是个光华灿烂的年代。老师那时三十七八岁，微瘦，短发齐耳，显得很精神。她时时用温柔的目光看人，使人感觉一种温暖的亲近感。

她的课很吸引人。上语文课是我们最喜爱的，她一进教室，只需说上几句，我们的心便给她抓住了。随着她的思路，我们殚思竭虑，口读手写。当然，那也是一种颇含快意的、欢悦的精神享受。

于老师在我们心目中，是极有学问的。她的每句话，我们都极用心地听；她介绍看的书、文章，要我们背的诗篇，我们都是照着做的。老师不但在语文方面有深厚的功力，在音乐、绘画、戏剧等方面也有很好的修养。有时她在课上分析文学作品，常能用艺术上十分在行的语言进行剖析，使人感觉着感情上的贴近。课余，我们都喜欢挤到她身边，听她谈论古今中外、天上人间，听她评说某部作品的优劣；讲到排球、足球、乒乓，她甚至能用

体育爱好者的语言与我们交谈，在我们心里，真是激起无比的欢悦。老师常说："作为语文教师，要热爱生活、热爱人生，对世上所有美的东西都感兴趣。"这些话，深深铭刻在我们心间，培植了我们对生活、对人生的热爱和追求。

十五六岁的少年往往喜欢把自己看作成熟的人，喜欢在老师面前显露，仿佛饱有学识，满腹经纶。老师常给我们讲"满招损，谦受益"，教育我们下苦功学习。我们学习《卖炭翁》，为白居易精练、优美的语言吸引时，老师便介绍白居易年轻时如何"昼课赋，夜课书，间又课诗，不遑寝息矣。以至于口舌成疮，手肘成胝"；学习《张衡传》时，老师要我们复述张衡在天文、历算、算术、文学、历史、政治诸方面的突出功绩，当我们为张衡这样的奇才连连赞叹之时，老师用大字板书——"衡虽才高于世，而无骄尚之情"，从中，我们体味了学问浩瀚如大海，学无止境，永不能满足的道理。

老师尊重学生、爱护学生，还表现在对学习、品德都比较差的学生的关怀上。听说过这样一件事，很是感人的。老师带过一个班，班里有个同学，偷、抢、打架样样都来，同学们恨他，家长嫌弃他。他经常从家里逃出，数星期颠沛流离在外。老师想尽办法找着了他，把他带到自己家里，供他吃、睡，白天还把家里的钥匙交给他，请他管家。晚上回来，给他讲历史上英雄人物的故事。把生活的理想、做人的责任，像随风飘洒的细雨，涓涓滴滴润进这位学生的心里。一颗枯萎的心复活了。听说，他以后当了兵，还入了团。

虽然离开学校已经十六七年了，我们这些学生，还常常去看她。岁月，在老师的两鬓染上点点白霜。经受过寒风暴雨，她的身体愈益地显得衰弱，但她仍像年轻时一样，在学校讲台上津津有味地讲着课，在家里的书桌上不停地埋头书写着。她没有奢望，时时想到的，是为培养接班人多做点事，为探索语文教学领域的"地狱之门"，甘愿做被天火熏烤的普罗米修斯。

我敬爱我的老师——于漪同志。

（节选自《老照片——我的老师》）

读与思

"一辈子做老师，一辈子学做老师。"这是于漪老师的教育名言，也是她一辈子恪守的教育情怀。这篇文章讲了有关于漪老师的哪几件事？你对于漪老师又有哪些更加深入的了解？

群文探究

韩愈说："师者，所以传道受业解惑也。"大教育家陶行知先生说教师"捧着一颗心来，不带半根草去"。学了本单元，同学们是否对"好老师"的标准有了更加深刻的认识？请选择自己喜欢的专题，开展"我心中的好老师"探究活动。

专题一：好老师的标准大家谈

你认为"好老师"应该有哪些标准？结合本单元的阅读，请以小组为单位，梳理出"好老师"的评价标准，并在班级中交流。

专题二：寻找身边的好老师

在你的成长过程中，你遇到过哪些好老师？也许是一节课，一次板书，给你留下了深刻印象；也许是一个微笑，一句表扬，给予你温暖和关怀。与同学们分享这位好老师的点点滴滴吧！

专题三：我给好老师写封信

我们的成长，离不开老师的谆谆教诲。也许你有很多的话想对你心中的"好老师"说，请你拿起笔来，给这位老师写一封信，尽情倾诉吧！

研学活动：
行走古城，一门美的课程

镇江，江河奔流，楼山映照，章句舒卷，豪情纵横。三千年的日月星河，映照着千古风流、江山咏叹。这里，人杰地灵；这里，美食荟萃；这里，诗意盎然；这里，更有区别于世间他处的独特韵味、别样风情。当你背着行囊，行走古城，驻足探访，空气中流淌的美一定会沁入你的每一寸肌肤，浸润到你的心灵深处，在你的血液中缓缓流淌。那——还等什么，来吧，开启一段美的旅程！

研学主题一　三山之旅

研学因由："金山寺裹山，焦山山裹寺，北固山寺冠山。"金山、焦山、北固山，枕着长江水，自古以来就是镇江山水之城的名片，数千年来深得文人墨客的青睐。这里留下了众多的历史遗迹。沿着长江路，去寻访三山吧，探究背后的历史故事。

研学路线：金山——北固山——焦山

击鼓战金山

金　山

北固山

祭江亭

刘备与孙权试剑砍石

焦　山

瘗鹤铭

古炮台

研学活动： 寻找历史遗迹，探寻镇江人物，了解三山的故事。

金山

探寻古迹：_____

探寻人物：_____

探寻故事：_____

_____

北固山

探寻古迹：_____

探寻人物：_____

探寻故事：_____

_____

焦山

探寻古迹：_____

探寻人物：_____

探寻故事：_____

_____

研学主题二　美食打卡

研学因由： 镇江处于长江和京杭大运河的交汇处，漕运发达，是南来北往的必经之地。这里也汇集了祖国大江南北的酸甜苦辣的口味，经过镇江人的融合和改良，形成了独具特色的风味。从西津渡出发，沿着大西路一直往东，到达东乡扬中，品尝舌尖上的味道。

研学路线： 西津渡——大西路——东乡扬中

西津渡

锅盖面

肴肉、香醋

大西路

蟹黄汤包

河豚

中国河豚岛·扬中

东乡羊肉

研学活动：我是小小美食家。

尝一尝美食，品一品味道，用手中的笔记录下舌尖上的酸甜苦辣。

家乡美食小调查

我调查的美食		
我调查的地点		
我的调查	外形、色泽	
	独特的气味	
	独特的口感、滋味	
	美好的感受和联想	
美食排行榜		

研学主题三　诗意镇江

研学因由：江河交汇的镇江在城市中独占鳌头，是"当仁不让的诗意之城"。不论是王昌龄观夜雨、枕孤山，还是王安石拂杨柳、越重山，抑或是辛弃疾临舞榭、望歌台，"镇江的诗意中，自有杏花烟雨、杨柳残月、长河落日，更有一种别样的俊逸、深沉与豪迈"。跟着诗人游镇江，感受古城的诗意盎然。

　　研学活动：探究诗词中的镇江。

　　选择唐代或者宋代诗人词人在镇江留下的千古绝唱，探究并绘制"镇江诗歌图谱"。